Excel VBAの神様

ボクの人生を変えてくれた人

―この物語を読めば、あなたもVBAが使いたくなる―

大村あつし
Atsushi Omura

秀和システム

人との出会いによって、人生が変わることがあります。
暑い夏に、無駄に熱いホームレスに出会ってしまった、
この物語の主人公のように……。

CONTENTS

第1章　真二、夜の公園でマクロとVBAをはじめて知る……5
第2章　真二、知らない間にマクロを記録してしまう……25
第3章　真二、おそるおそるマクロを実行してみる……49
第4章　真二、メッセージを表示して感動する……61
第5章　真二、オブジェクトとメソッドが使えるようになる……93
第6章　真二、プロパティを覚えてドヤ顔になる……111

第7章　真二、算術演算子と関数をらくらく使いこなす……129
第8章　真二、意外とあっさりコレクションを理解する……149
第9章　真二、変数に腰を抜かす……169
第10章　真二、条件分岐と繰り返しでVBAのすごさを知る……185
第11章　真二、みんなの前で見積入力システムを披露する……203

イラストレーション　今中信一
カバーデザイン　ランドリーグラフィックス

●主人公が体験するExcel VBAをダウンロードできます

・主人公の江藤真二が、第2章、第3章、第4章、第5章、第7章、第9章、第10章、第11章の中で使うExcel VBAのプログラムを下記の本書サポートページからダウンロードできます。主人公の気持ちになってプログラムを体験したり、プログラムの内容を確認したりするのにお使いください。

・また、ダウンロードファイルには、主人公が第11章でデモを行う「見積入力システム」の重要ポイントを丁寧に解説したPDFも含まれています。とてもわかりやすく、無理なく学習できますので、ご興味のある方はこのPDFもご参照ください。

http://www.shuwasystem.co.jp/support/7980html/4458.html

第1章
真二、夜の公園でマクロとVBAをはじめて知る

01

ダメだ。まったく酔えない。

もう、３５０ｍｌの缶ビール三本目だというのに。いつもなら、一本でいい感じにほろ酔い気分になるのだが。

それに、うまくない……。真夏の熱帯夜に飲むビールに勝るものはない。夏は、このビールのために生きているようなものだ。

それなのに、今夜のこのビールのていたらくぶりは一体なんだ。飲んでいる場所が、西新宿のさびれた公園のベンチという状況だからか。もちろん、それもあるだろう。だが、理由はボク自身が一番よくわかっていた。

すべては、今日の会社での「事件」が原因だ。


公園の常夜灯も必要ないくらいに満月が明るい夜だった。ボクは思わず、夜空を見上げた。しかし、月が揺らいで滲《にじ》んでいる。

そう。そのときボクは泣いていた。

ボクは、涙をこらえるために一度目を閉じてうつむき、もう一度目を開けたが、次の瞬間思わずベンチからずり落ちた。

目の前にホームレスが立っていたからだ。

「どうした、小僧」

年にして五十代前半くらいだろうか。髭モジャラで、汚い帽子とよれよれのシャツを着たホームレスが問いかけてきた。一瞬、目線を下にそらすと、ジーンズはつぎはぎだらけでサンダル履きだ。

「小僧。お前、泣いているじゃないか。どうだ。この神様に理由を話してみないか」

「神様って、あなた、頭のてっぺんからつま先まで、全力でホームレスですよね」

「ハハハ。ばれたなら、しかたがない。だがな、たとえホームレスでも、前途有望な若者が首を吊りそうな現場に出くわして、見て見ぬ振りはできないんだよ」

「誰が首吊りですか！　そこまで人生落ちぶれていません！　あなたと一緒にしないでください！」

「とにかく、オレにはお前のそのビールが必要なんだ。しかも、今すぐに」

「ああ、ビールね。人助けを気取って、結局目的はそれですか。いいですよ。はい、どうぞ」

言うと、ボクはレジ袋から取り出したキンキンに冷えたビールをホームレスに手渡した。

彼は、本当にうまそうにそれを飲み始めた。のど越しを楽しみながら、幸せそうな顔で「プハー」「プハー」を連発している。

なぜだか、無性に腹が立ってきた。

「小僧。お前、いくつだ」

「あの、小僧はやめてもらえますか。もう二十五歳なんで。ボクは江藤真二《えとうしんじ》」

「二十五か。じゃあ、入社三年目といったところか。ちょうど社内で優劣がつき始める頃だな」


ホームレスの言ったとおりだった。

三年前、ボクは全国展開しているファミレスを中心に、多くの外食店を顧客に持つ大手のイワイ商事に前途洋々と入社した。

最初に与えられた業務は、海外からの食材の調達だった。補佐業務ではあったが、充実した日々であった。

しかし、今年の四月の人事異動で、同期入社の同僚二人とともに第三営業部に配属となり、ファミレスの新規開拓を任された。

ほかの二人は、それなりの成績を残していた。唐沢勉《からさわつとむ》は一社、新規のファミレスチェーンとの契約の成立がほぼ確定し、水岡遥香《みずおかはるか》にいたっては、現在三社目のファミレスチェーンを開拓中だ。

なにを隠そう、水岡はボクの憧れであり、彼女に嫌われるくらいなら会社をやめたほうがマシなくらいの勢いで片思いの真っ最中だ。

ところが、ボクはこの四ヵ月間でまだ一社も新規開拓できていなかった。比較的攻めやすい中堅どころの外食店すら契約を取り付けられずにいた。もはや、開拓できる見込みすらなかった。

そして、今日、部長の黒原徹《くろはらとおる》に衆人環視の中、罵声を浴びせられた。

「おい、江藤！　いや、お前なんか名前で呼ぶ気にもならん。この給料泥棒！　この際、営業でなくてもいい。業務改善でも原価低減でもいい。とにかく結果を出せ。なにかしらの形で会社に貢献するんだ！」

もはや立派なパワハラだが、ボクは二の句が継げなかった。給料泥棒とまで言われても、なにも返す言葉が浮かばなかった。ましてや、黒原の鬼の形相を見返す度胸などあろうはずもない。

「わかったか、江藤！」

黒原は、じっとうつむくボクにたたみかけてきた。ボクは、おそるおそる頭を上げると、声を引き絞った。

「わかりました。部長」

そのときだった。一瞬、前のデスクの水岡と目が合った。水岡は、軽蔑《けいべつ》と憐《あわ》れみが混在したような瞳でボクを見ると、すぐに目をそらした。

その瞬間、ボクは悟った。水岡に嫌われた、と。


「なるほど」

ホームレスはうなづくと言葉をつないだ。

「愛しい愛しい水岡遥香ちゃんに、犬猫以下の厄介者《やっかいもの》と決めつけられたわけか。それは確かにへこむ話だな。お前が手首を切りたくなる気持ちもわかる」

「誰がゴキブリ以下の生ごみ男ですか！」

「いや、そこまでは言ってないが……」

「それに、いつボクがリストカットするって言いました！　そんなにボクを殺したいんですか！　っていうか、ボクはホームレス相手になにを饒舌《じょうぜつ》に事細かに社内事情を語ってるんだ。あー、ボクのバカ！」

ボクが自分の頭を叩いていると、ホームレスがボクの手首を掴んだ。

「なあ、真二。その『くろはら徹』という部長、年はいくつだ」

「さあ。五十四、五十五歳くらいだと思います」

「ふーん。オレと同年代か。あくまでもオレの勘だが、くろはらは生え抜きじゃないんじゃないか。生え抜きは会社や部下に愛着があるから、普通はそういう叱り方はしないと思うんだが」

「そうですよ。二年前に金融証券業界の最大手、シルバーソックス証券からヘッドハンティングされてきた人です。それがなにか？」

「いや、それはどうでもいいんだが、『くろはら』ってどんな字を書くんだ」

「黒い原っぱです」

「ふーん。部下を給料泥棒と罵《ののし》るような男だ。そんな腹黒い男は、同じ『くろはら』でも、『黒腹』でいいのにな。ハハハ。こいつは愉快《ゆかい》。腹の皮がよじれそうだ」

「あの、ボク、そろそろ帰ってもいいですか」

そう言ってベンチから立ち上がりかけたボクをホームレスが押し戻した。

「まあまあ。それより、今のお前の話を聞く限り、十分に挽回《ばんかい》の余地はありそうだな」

「挽回？　無理です。そんな余地、ないっす。ボクに新規開拓なんてできっこないっす」

「確かに、お前には新規開拓は無理だろうな」

「だーかーらー、なんであなたに言われなきゃならないんですか！　こう言っちゃ失礼ですけど、ホームレス風情《ふぜい》のあなたに！」

「まあ、聞け。お前、ビートルズは知ってるな？」

「そりゃあ、知らない人はいないでしょう。イエスタデイ、ヘイ・ジュード、レット・イット・ビーは聴いたことがありますよ」

するど、彼は頭を抱えた。

「はあー。やっぱり、所詮はその程度の知識か。いいか。ビートルズは、自分たちでレコード会社を設立したんだけど、うまくはいかなかった」

「それは、ビートルズはミュージシャンですからね」

「じゃあ、真二。お前、ビル・ゲイツは知ってるか？」

「あの、いいかげん、怒りますよ。ビル・ゲイツを知らずにサラリーマンが務まりますか。毎日、マイクロソフトのエクセルやワードを使ってますよ」

「では聞くが、もしビル・ゲイツがミュージシャンだったら、成功したと思うか？」

「正直、あまりビル・ゲイツの歌は聴きたくないですね」

「そこだよ」

「そこ？」

「そう。かたやビートルズは、会社経営の才能はなかったが、音楽のジャンルで歴史に名を残した。かたやビル・ゲイツは、経営者として後世に語り継がれるだろう。要するに、人間には得手・不得手がある。そして、自分が一番輝ける環境がある。ひょっとしたら、真二が輝けるのは前線で勝負する営業ではなく、補佐業務のほうなんじゃないか」

この一言にはドキッとした。誰よりも、ボク自身がそう思っていたからだ。

実際に、営業部に異動になる前の二年間は補佐業務ではあったが、ボクはきっちりと結果を残していた。

「しかも、さらにラッキーなことに、黒原は業務改善でも原価低減でもいいから、結果を出せと言ったわけだよな。だったら、そこで結果を出したらどうだ？　もしかしたら、そここそが真二が一番輝けるステージなのかもしれないぞ」

「一番輝けるステージ」か。確かに、補佐業務なら頑張《がんば》れるかもしれない……。

だけど、一体なにをどう頑張れば結果を出せるのか。そう考えたら、なおさらお先真っ暗になってきた。ゼロからなにかを始めるよりも、むしろ向いていない営業を頑張るほうがラクな気すらする。

そもそも、偉人の話をしている張本人がホームレスなのだ。

〈危ない、危ない。気を付けないと、今度はこのホームレスに変な宗教にでも入信させられるぞ〉


二本目のビールを飲みながら、ホームレスが口を開いた。

「さっき、エクセルを毎日使っていると言ってたな」

「ええ」

「じゃあ、マクロは使っているか？」

「いえ。ボクの大学の専攻はミクロ経済学ですから」

「やれやれ。その調子じゃ、部署内でエクセルのマクロがわかる人間は一人もいないようだな。でも、喜べ、真二。完全に形勢逆転だ。ついにお前の時代がきたぞ」

「いや、ボクのモテ期は中学時代で終わってますから。水岡さんにも軽蔑されちゃったし。あー、人生、お先真っ暗だー」

「でも、その暗闇の中に『光』が見えないか？」

「光？」

「そう。『エクセルのマクロ』っていう光だ」

「で、一体なんですか？　その『エクセルのマクロ』っていうのは」

ホームレスは、木の枝を折って、地面に図を描きながら語り始めた。

「エクセルを使っていると、同じような操作を繰り返し実行することがあるだろう。たとえば見積データを並べ替えて金額を集計して、それをグラフ化して印刷する、みたいな」

「そんなこと毎日やってますよ。正直、そんな単調な作業はエクセルが勝手にやってくれればとみんな思ってます」

「それをエクセルが勝手にやってくれるんだよ。マクロを使えばな」

「え？」

「**マクロというのは、本来は手作業で行うべきエクセルの操作を、ユーザーに代わって自動で実行してくれる非常に便利な機能のことさ**」

そう言うと、ホームレスは自分で地面に描いた図を木の枝で指した（図1）。

図1

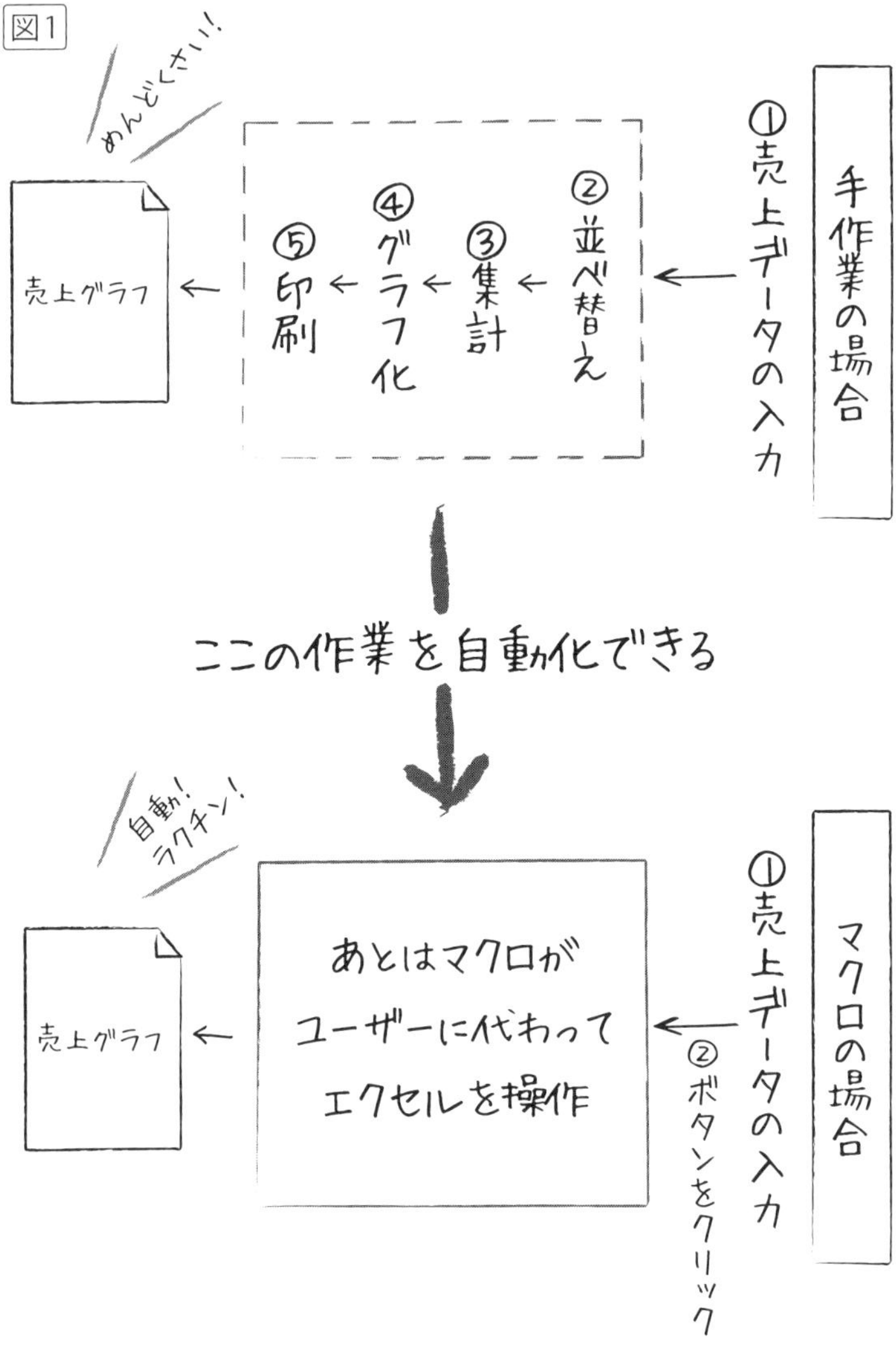
手作業の場合
①売上データの入力
②並べ替え
③集計
④グラフ化
⑤印刷
売上グラフ
めんどくさい!
ここの作業を自動化できる
マクロの場合
①売上データの入力
②ボタンをクリック
あとはマクロが
ユーザーに代わって
エクセルを操作
売上グラフ
自動!
ラクチン!

03

「え！　データの並べ替えから印刷までが全部自動化できるんですか！」

「そうだよ。しかも、マクロはエクセルの標準機能だから、特別なことをしなくてもすぐに使えるよ」

「知らなかった。そんな便利な機能がエクセルにあったとは。じゃあ、明日からさっそく使ってみようかな」

「もちろん、使うのは一向に構わないが、予備知識としてＶＢＡ《ブイビーエー》も教えておいてやる」

「ＶＢＡ？」

「そう。何事も最初が肝心《かんじん》だ。実はな、真二のような入門者の中には『マクロ』と『ＶＢＡ』を混同してしまう人が多いんだよ。だから、今度はＶＢＡについて触れておこう」

ホームレスが続けた。

「マクロとＶＢＡの違いは、『あいさつ』にたとえるとわかりやすいぞ」

「あいさつ？」

「『Ｈｅｌｌｏ』。これは『あいさつ』だよな。そして、その『あいさつ』を構成している言葉は『英語』だ」

「そうですね」

「一方、マクロの正体は『プログラム』だ。そのプログラムをエクセルが理解して、人間の代わりにエクセルの操作を自動実行してくれるわけだ。そして……」

ボクは、思わず聞き入った。

「プログラムである以上、なんらかの言葉で構成されている。このマクロ、すなわち、『エクセルが理解できるプログラム』を書くための言葉（プログラミング言語）がＶＢＡというわけさ」

さらに、ホームレスは木の枝を動かしながら言葉をつないだ。

「要するに、こういうことだな（図２）」

ボクは思わず地面に見入った。すると、すぐに理解が訪れ、ボクは反射的に言葉を発していた。

図2

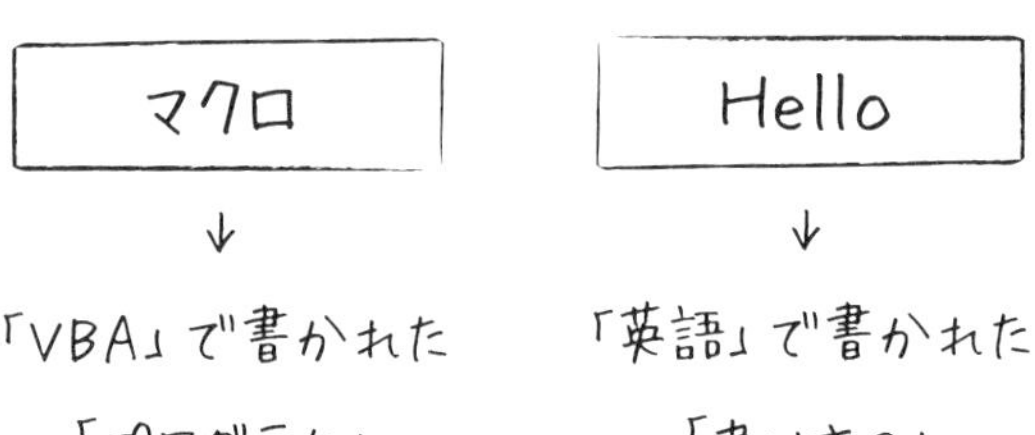

「はあ、なるほど。よく、わかりました。あなた、ホームレスなのに、よくこんなこと知っていますね。それに、説明が上手だ」

「白百合龍馬《しらゆりりょうま》」

「え？」

「ホームレスでも名前はある。オレは、白百合龍馬だ」

「あの、本名でお願いできますか？」

「本名だよ。名前負けとは失礼な」

「誰も、そんなこと言ってません」

ビールを口に含みながら、ボクは白百合の顔を見た。

そして、次の瞬間、ボクは盛大にビールを白百合の顔に吹き出した。

派手《はで》に負けている！　見事なまでの惨敗だ！

名前負けとは、この人のためにある言葉だろう！

「なぜお前がビールを吹き出したかは聞かないでおこう。こう見えて、オレも繊細なんでな。だが、これで借りは返したぞ」

「借り？」

「ビールの借りだよ」

「そんなことどうでもいいのに。白百合さん、自分で言うとおり、案外繊細なんですね」

「それより、マクロとＶＢＡに興味は湧いたか？」

「ええ。興味は湧いたんですが、ボクにできますかね？」

「大丈夫。**神様は超えられないハードルは与えない**」

「神様って、白百合さんのことですか？」

「アホか。モノホンの神様だよ」


〈モノホンの神様って。あんた業界人か！　せっかくいい言葉を聞いたと思ったのに、この人が言うと台無しなんだよなー〉


「それに、マクロを覚えれば、お前自身にも恩恵があるぞ。実は、オレは長年の研究によって、その恩恵を数値化することに成功した。まったくもって、ノーベル賞クラスの理論だ」

言って、白百合は胸を張った。その姿を見て、ボクは興奮を禁じ得なかった。

「ノーベル賞クラスの理論！　それは、どんな！」

「覚悟はいいか。聞いてちびるなよ」

「もったいぶらずに教えてください」

「それは、**5×5理論**だ。お前、もうちびったのか？　気が早いなー」

「意味がわからなくて、ちびりようがありません」

「エクセルの関数を5個以上知っていて、週に5時間以上エクセルを使う人間がマクロを覚えれば、確実に作業時間の短縮になる、という理論だ。いや、ちびらせてホントすまん」

ボクは、帰り支度を始めていた。すると、背中越しに声がした。

「オレは真面目だ」

「…………」

「確かに、エクセルで統計分析をしているようなユーザーがマクロを覚えてもあまり意味はないかもしれない。彼らが見ているのはエクセルではなくてデータだからな。しかし、関数を5つも知っている『入力作業が中心のパワーユーザー』がマクロを避けて通るのは、時間の無駄使い以外の何物でもない」

この一言で帰り支度の手が止まったのは、まさしくボクが彼の定義する入力作業が中心のパワーユーザーだったからだ。

「あとは、マクロをマスターすることで手に入れた自由時間をどう使おうがお前の自由だ。英会話のトレーニングとか、スポーツジムで爽快な汗を流すとか。まあ、最高に有意義な時間の使い方は、ギロッポンでキャバ嬢とアフターでヒーコーでも飲むことだな」

「だから、あなたどこの業界人なんですか！　今どき、業界人でも『ギロッポン』なんて言いませんよ。『ザギン』ですら死語ですよ。それに、キャバ嬢とアフターするためにマクロを覚えるんですか？　そんなお金ありませんよ」

「金なら増える。だけど、時間は減る一方だ」

突然、白百合が真顔になった。

確かに、このホームレスの言うことにも一理ある。

人生は時間によってできているのは明白な事実だ。ならば、一度きりの人生、時間は有意義に使いたい。

「もう一度聞く。マクロにチャレンジする気になったか？」

「そうですね。まだ、なんとなくではありますけど」

「じゃあ、明日もここに来るがいい」

「え？　どうして？　まさか、あなたがマクロを教えてくれるわけじゃないですよね」

「その、まさか、だ」

そう自信満々に言われても、ホームレスがマクロやらＶＢＡを知っているとはとても思えない。確かに、さっきの説明でマクロとＶＢＡのさわりは理解できた。それに、説明が上手だったことは認める。

ただし、実践となると話は別だ。野球を解説するのと、実際に野球をやるのとではわけが違う。

でも、ボクにはもはや頼れる人はいない。

それに、結果を出さなければ、遅かれ早かれ会社にはいられなくなる。

現実は、家に帰ってダラダラとテレビを観ているだけだ。六本木でキャバ嬢をアフターに誘う甲斐性もない。

なによりも、白百合は少なくとも悪人には見えなかった。いや、もしかしたら金くらいはせびられる可能性はある。

だが、そうなったら拒否すればいいだけの話だ。

〈ボクには、失うものはなにもないんだ〉

「どうするんだ。明日、来るのか？　来ないのか？」

「え、ええ。ぜひ、寄らせてもらいます」

「あ、二つ、忘れないように。一つは、ノートパソコン」

「もう一つは？」

すると、白百合は手に持った缶ビールを揺らしながら、白い歯を見せた。

「これだよ」

第2章

真二、知らない間にマクロを記録してしまう

24

翌日の夜、昨晩と同じ公園に行くと、すでに白百合はベンチに座っていた。捨て犬だろうか。若干、黒がかった子犬を膝にのせて頭を撫《な》でている。目を細め、口角を上げて子犬を見つめている白百合はとても幸せそうに見えた。

「白百合さん」

ボクが呼びかけると、白百合は動かしていた手を止めて、ボクを見た。

「おお！　ビール！」

「気持ちはわかりますけど、まずは『おお、江藤君』なんじゃないですか。ビールはそのあとでしょう。大丈夫。ちゃんと持ってきましたよ。これがノートパソコン」

言って、ボクは右手を挙げた。

「そして、これがお待ちかねの……」

だが、ボクのセリフが終わる前に、白百合はボクが左手に持っていたレジ袋を取り上げるやいなや、中のビールを取り出して喉仏《のどぼとけ》を揺らし始めた。

「やれやれ。ま、いっか。それより、今日もビールの借りはきっちり返してもらいますからね。さあ、さっそくＶＢＡの勉強を始めましょう」

「ＶＢＡ？　なにを言ってる。ＶＢＡなんかお前には百万光年早い」

「白百合さんこそ、なにを言ってるんですか。ＶＢＡを覚えなければ、マクロをまったく書けないじゃないですか。それに、百万光年は、時間じゃなくて距離なんですが。光が百万年かけて進める距離で、キロメートルに換算すると、光の速度は一秒間に三十万キロだから……」

「あー、わかった、わかった。ボケたオレが悪かった。お前は本当にボケ殺しだな。いずれにしても、今日はＶＢＡの勉強はなしだ」

「どういうことですか？」

「ＶＢＡなんか知らなくても、マクロは作れるからだ」

「あの、ますます意味がわからないんですが。どこか、病院でも紹介しましょうか」

「結構だ。いいか、真二。エクセルにはＩＣレコーダーが付いてるんだよ」

「白百合さん。やっぱり、もう少し重めの病院に行きましょう」

「ハハハ。今のはたとえだよ。お前は、ボケだけでなく、たとえも殺す才能もあるようだな。天性の相方《あいかた》殺しだよ。少なくとも、お前がお笑い芸人にはなれないことはよくわかった。その意味では、イワイ商事を選んだお前の選択は間違えてはいなかったみたいだな。

ラッキーな人生を歩んでるじゃないか」

「もう、なに殺しでもいいですけど、本題に入ってもらえますか」

「じゃあ、なにも言わずにノートパソコンを開いてエクセルを起動してみろ」

「ああ。やっぱりＶＢＡを教えてくれるんですね」

「ＶＢＡは教えてやらない」

「じゃあ、ボク、帰りますね」

「本当にそれでいいのか？　アパートに帰って、毒にも薬にもならないバラエティを見るほうを選ぶんだな。まあ、それでお前がイワイ商事の中で頭角を現せるんならオレは止めないがな」

ダメだ。やっぱりこの人は「外れくじ」だったようだ。ＶＢＡも覚えずに、どうやってマクロを作れっていうんだ。言ってることが支離滅裂《しりめつれつ》だ。

ただ、帰宅しても、することがなにもないのも事実だった。

ボクは、しばし黙考し、運命を呪いながらも、今日のところは白百合に従うほうを選択した。

「はい。エクセルを起動しました」

05

「真二。お前は、そこそこエクセルには慣れているようだが、当然、エクセルのリボンはわかるよな？」

「リボンって、エクセルの上にある［ホーム］メニューとか［挿入］メニューのことですよね。そりゃあ、わかりますよ。わからなきゃ、エクセルを使えないですよね」

「じゃあ、そのリボンをカスタマイズすることはできるか？」

「いえ、できません！」

「なに、即答してるんだ。しかも得意げに」

「だって、やったことありませんから……」

「まったく、お前には想像力というものがないのか？」

答えを教えてほしかったボクは、物乞いするときの万人共通の潤んだ愛らしい瞳で白百合を見つめてみた。

「ダメだ。自分で考えろ」

「わかりましたよ。うーん。あ！　スマホの場合には、全体の設定を変えたいときには

『設定』の中を探せば十中八九解決します」

「ほお。それで？」

「同様に、エクセルの場合、ボクの経験では、全体の設定を変えるには［オプション］の中にその手掛かりがありそうな気がしますね」

「じゃあ、自分が言ったとおりにやってみろ」

ボクは、［ファイル］メニュー→［オプション］コマンドを実行した（図1）。

すると、［Ｅｘｃｅｌのオプション］ダイアログボックスが表示された（図2）。

次に、このダイアログボックスの左側を見ると、［リボンのユーザー設定］というコマンドが見つかった。

ボクは、［リボンのユーザー設定］をマウス

図1

で指しながら、白百合に聞いた。

「ひょっとして、これですか？」

しかし、白百合は無言でビールを飲んでいる。

〈無視かよ。まあ、いいや。この［リボンのユーザー設定］をクリックと。だけど、「リボンをカスタマイズ」って、このホームレスはボクになにをさせたいんだ？〉

すると、突然声がした。

「そこまで自力でできれば上出来だ。そうしたら、ダイアログボックスの右側に［開発］とあるだろう。そのチェックボックスをチェックしてみろ」

ボクは、［開発］チェックボックスをオンにして OK ボタンをクリックした。

図2

すると、リボンの一番右端に［開発］というタブが表示された（図3）。

「ひょっとして、この［開発］タブを表示させたかったんですか？」

「ああ、そうだ。元々用意されているタブは、マクロには対応していないんだ。マクロの作成・編集・実行という基本操作はすべて、今表示した［開発］タブで行うんだよ。これで準備は完了だ」

「準備完了って。でも、ＶＢＡは教えてくれないんですよね？」

「お前もくどいな。あ、この［開発］タブは一度表示したら、今後は常に表示されるから安心しろ。ということで、次に進むぞ」

「まったく、ドンドンと先に。白百合さん、絶対に団体行動が苦手なタイプですよね」

図3

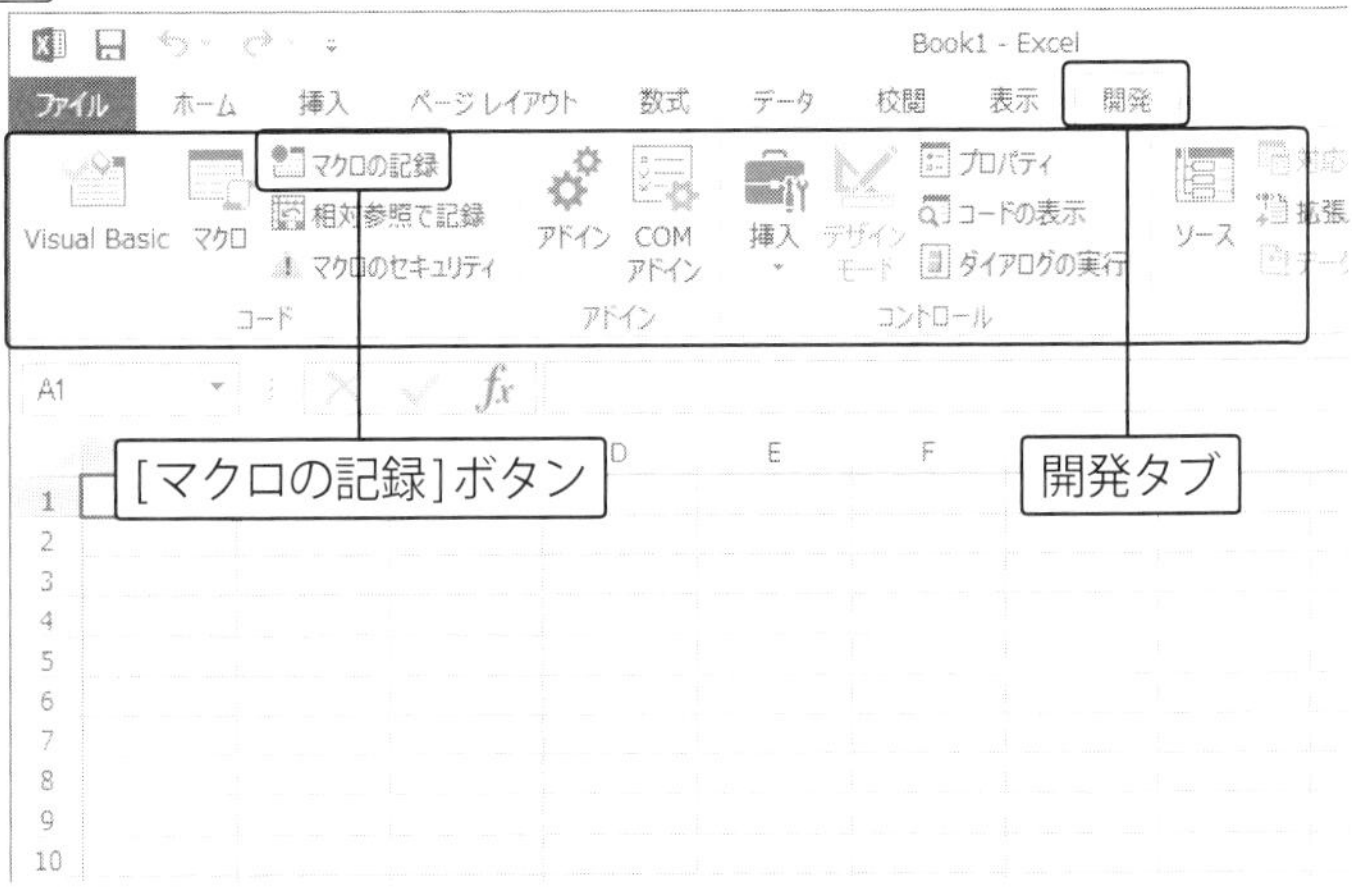

「真二、じゃあ、今表示した［開発］タブの中の マクロの記録 ボタンをクリックするんだ（図3）」

「なぜ？」

「黙ってやれ！」

「ちぇ」

〈うん？［マクロの記録］ダイアログボックスが表示されたぞ（図4）。どうするんだ、これ？〉

「そこは、なにも変更せずに OK ボタンだ」

図4

「はい」

言われたとおりにすると、白百合が手を叩いた。

「よーし。始まったぞ」

「始まったってなにが？」

「うるさい。じゃあ、今から、セルB2に『マクロのレッスン』と入力するんだ」

「はいはい。わかりましたよ」

ボクは、セルB2を選択し、「マクロのレッスン」と入力して、Enterキーを押した（図5）。

「よしよし。さあ、真二。ちょっと［開発］タブを見てみろ。なにか気付かないか？」

なにか気付けと言われても、たった今、生まれてはじめて［開発］タブを表示したばかりだ。無茶振りもいいところだ。

図5

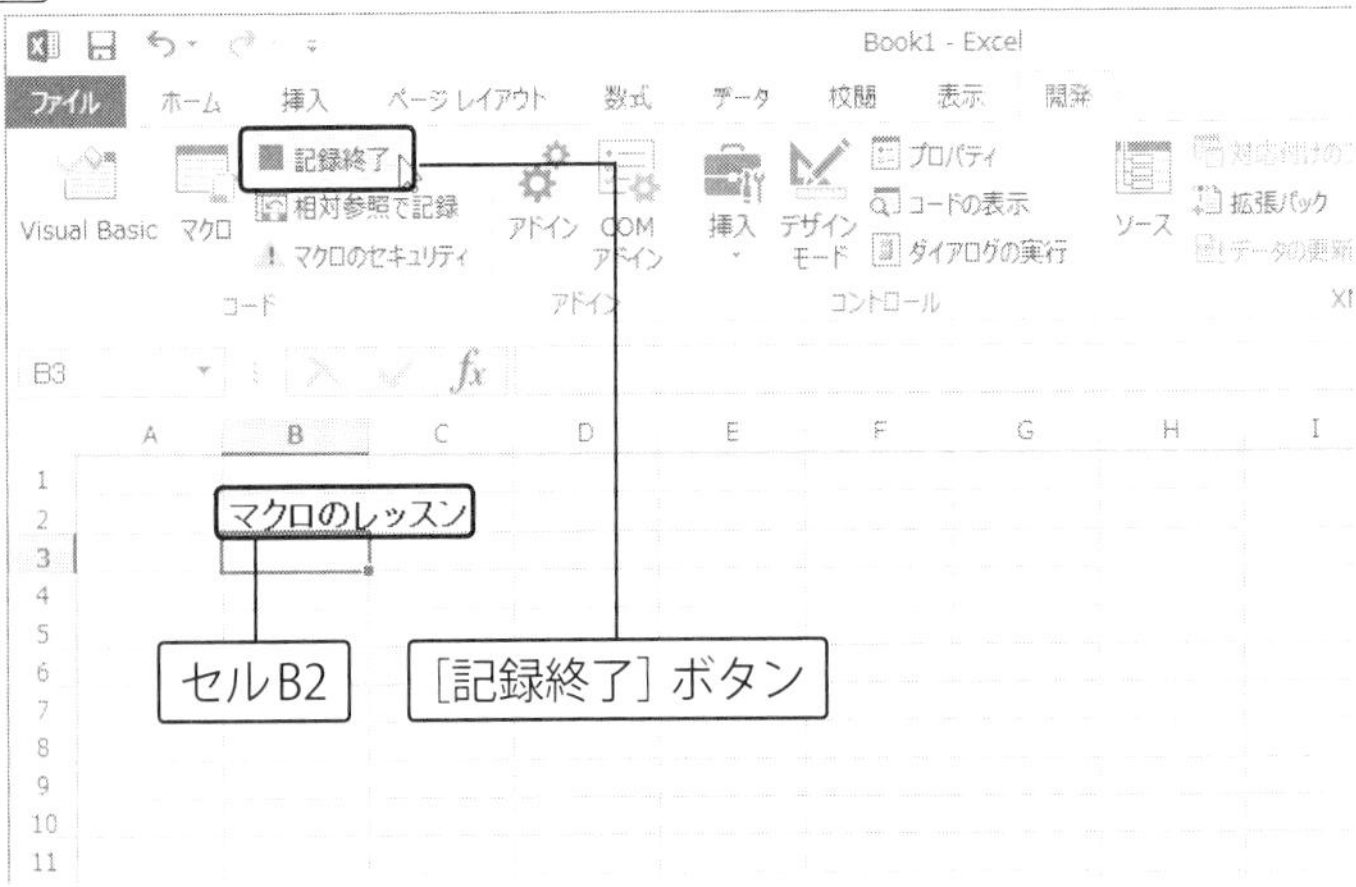

〈本当にいちいち癪《しゃく》に障《さわ》るホームレスだな。……。ん？　なんだ、この記録終了ボタンっていうのは。さっきはなかったぞ。ということは、この記録終了ボタンを……。しまった！　クリックしてしまった〉


「はい、終了！」

白百合の声が響き、さらに続いた。

「おめでとう、真二。お前はたった今、生まれてはじめてマクロを作ったんだよ。どうだ。お祝いにこのビールでも飲むか？」

「すみません。ご馳走《ちそう》になります。……。って、それ、ボクが買ってきたビールでしょう！　それより、ボク、マクロなんか作ってませんが」

「いや、作ったんだ。その証拠はすぐに見せてやるが、厳密には、お前は今、マクロを記録したんだ」

「マクロを記録？」

「ここは大切なポイントだ。よく聞け」

「はい」

「エクセルにはな、ICレコーダーがお前の声を記録するかのように、お前が行った操作を記録してマクロに自動変換してくれる『マクロの記録』という機能があるのさ。そして、この『マクロの記録』機能を使えば、いとも簡単にマクロが作れるというわけさ」

「え！　そんな便利な機能がエクセルにあるんですか！」

「あるんだよ、それが。そして、今まさしくお前はその『マクロの記録』でマクロを作ったというわけさ。今の一連の操作で、『Macro1《マクロ》』という名前のマクロが記録されたよ」

「本当ですか？　なにか、拍子抜けするほど簡単で実感が湧かないんですが」

「それも無理はないな。だけど、このように非常に手軽な機能だからこそ、慎重に記録しなきゃダメだぞ。マクロ記録は、間違った操作までそのまま記録してしまうからな」

「だけど、今は訳もわからずにのんびりと記録しましたけど、マクロ記録に時間をかけたら、完成したマクロの速度が遅くなってしまいませんか?」

「ハハハ。それはないよ。マクロの記録に要した時間と、完成したマクロの速度とは一切無関係さ。それでマクロの速度が遅くなるなんてことはないから安心するんだな」

白百合は言葉どおりに安心しきった顔でビールを飲んでいたが、ボクにはまだ不安があった。それをそのまま白百合にぶつけた。

「ただ、さっき記録した操作はものすごく単純じゃないですか。でも、エクセルには膨大なコマンドがありますよね。一体、どの程度までマクロで記録できるんですか」

「エクセルの機能なら、ほとんどすべてがマクロで記録できるよ」

「それ、本当ですか？　昨日、白百合さんが言っていた、並べ替えや印刷なんかでも？」

「ああ。それこそ、そうした機能を自動的にマクロにするために、マクロの記録機能があると言っても過言じゃない。だから、最初はとにかく、毎日使っている操作をどんどんマクロ記録するのが肝心なのさ。それだけでも、作業時間の相当な短縮になるぞ」

「こ、これは凄い……。なるほど。白百合さんが、『マクロを作るのにＶＢＡなんか必要ない』って言った意味がわかりました」

「実際には、ＶＢＡは必要だ。ただ、マクロ記録も知らずに、いきなりＶＢＡの勉強を始めるなんて愚の骨頂だよ。多くの入門者がここの学習手順を間違えて、『ＶＢＡは難しい』とか言い出してつまづいてしまうのさ。マクロは、『補助輪なしの自転車に乗る』のと一緒だ。理論なんて後回し。まずは、実際にペダルを漕いでみることが大切なんだ。そして、マクロ記録を知った今の真二は、めでたく第一関門をクリアしたってわけさ」

「マクロで大切なのは『とりあえず実践してみること』、そして、たとえ一メートルでも実際に自転車を漕いでみるってことですね」

「そのとおり」

「真二。今度は［Alt］キーを押しながら［F11］キーを押すんだ」

「え？ 今度はなにをさせるつもりですか？ しかも、随分とマニアックなショートカットキーですね」

「いいから、黙って押せ」

「ハイハイ」

「ハイは、一回」

ボクは、ふてくされながらも［Alt］＋［F11］キーを押した。

「なんだ、こりゃ？ 今まで見たこともない画面になりましたよ（図6）」

図6

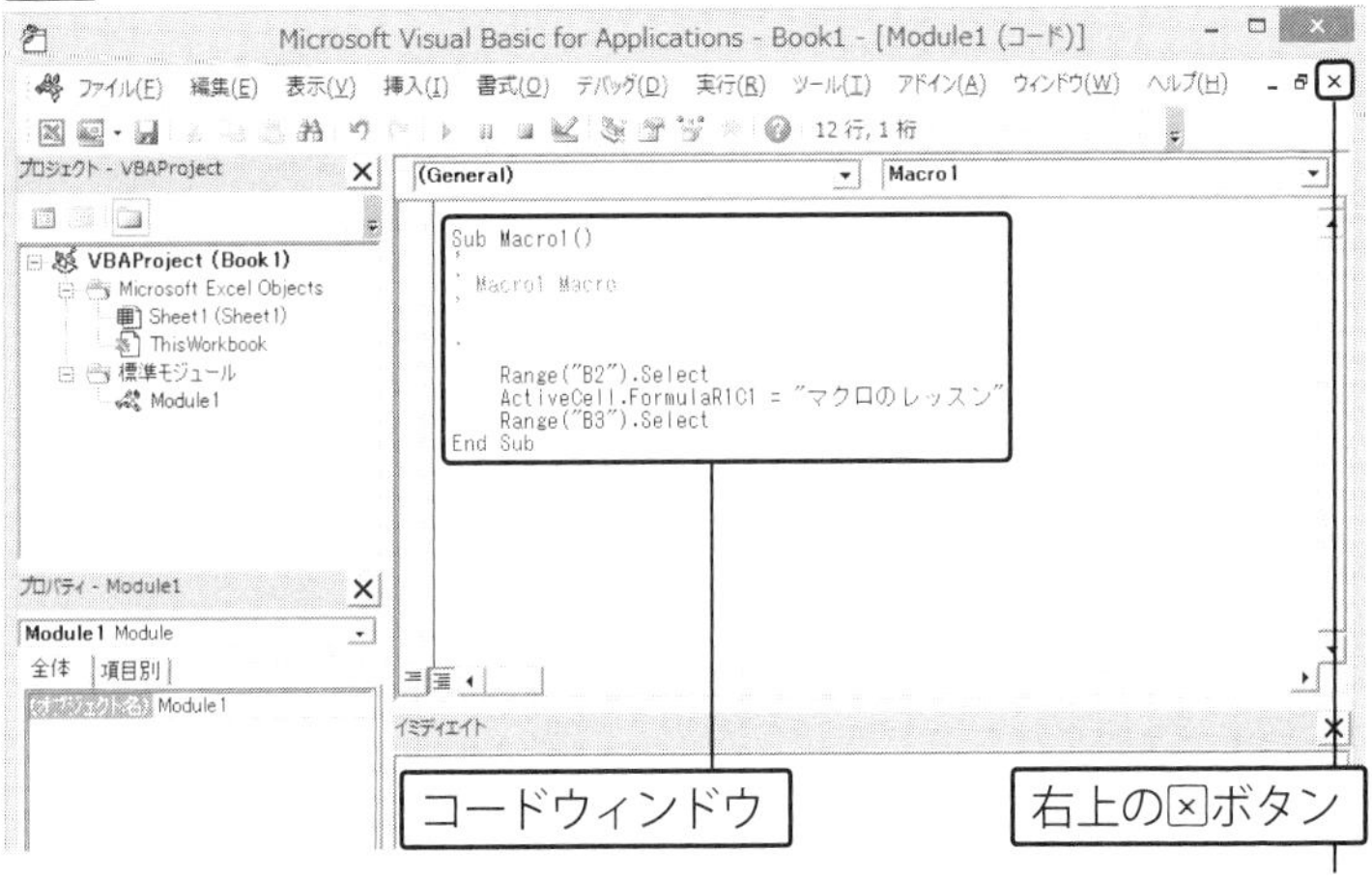

Microsoft Visual Basic for Applications - Book1 - [Module1 (コード)]
Sub Macro1()
Range("B2").Select
ActiveCell.FormulaR1C1 = "マクロのレッスン"
Range("B3").Select
End Sub
コードウィンドウ
右上の☒ボタン

ボクは、怪訝《けげん》な表情を作った。

「この画面がVisual Basic Editorと呼ばれるものだ。今後は通称のVBE《ブイビーイー》と呼ぶがな。そして、よく見ろ。先ほど記録したマクロが**コードウィンドウ**と呼ばれる場所に表示されているぞ」

そう言うと、白百合はコードウィンドウの右上の☒ボタンをクリックした（図6）。

コードウィンドウが閉じて、画面右側はグレーになった（図7）。

「ちょっと、なにしてるんですか！　今、見てたところなのに」

「このように、コードウィンドウが表示されない場合もある。こうしたときには、慌てずに、画面左の「標準モジュール」をダブルクリックし、次に「Module《モジュール》1」をダブ

図7

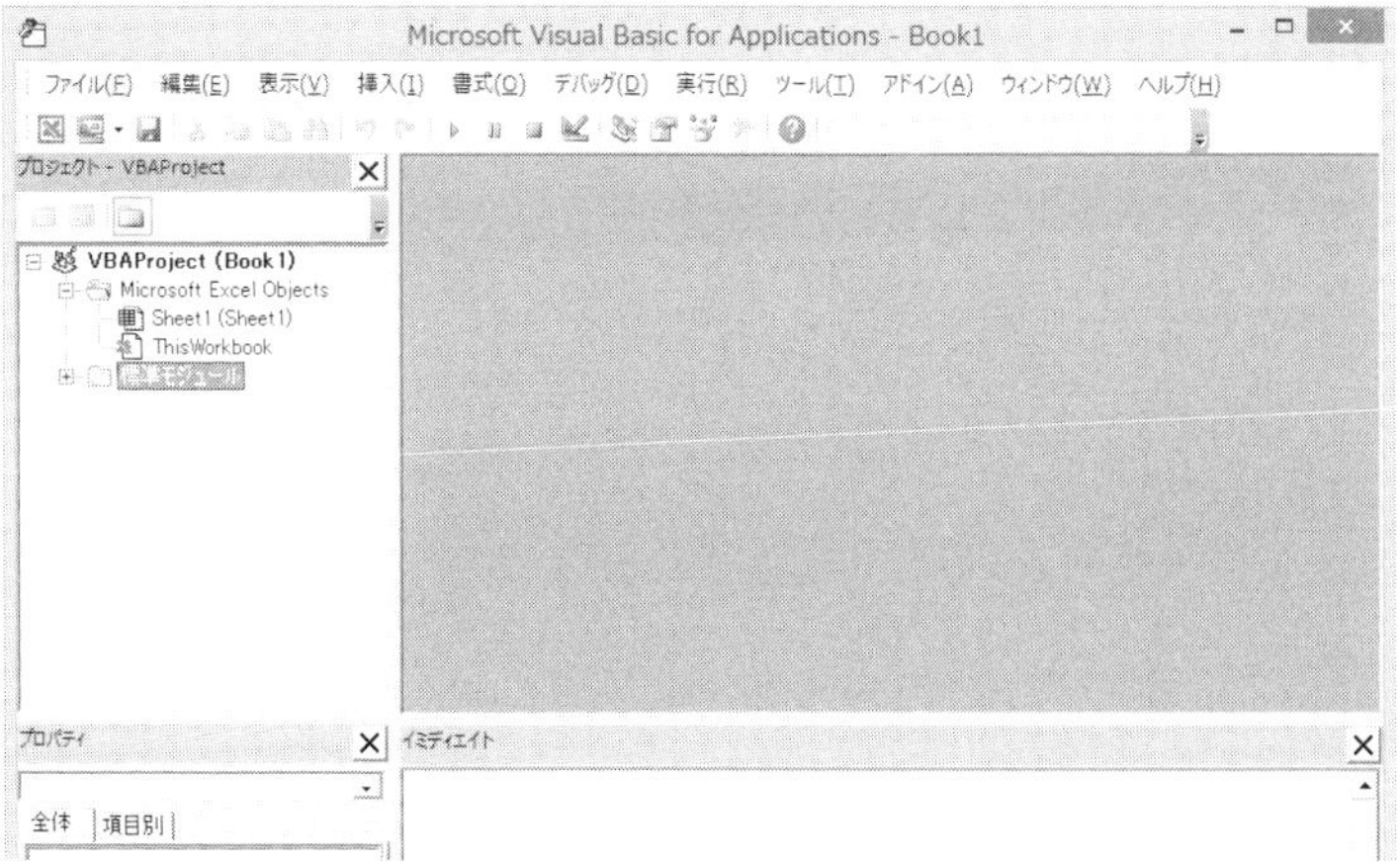

ルクリックすればいい（図8）」

「あー、元に戻ってくれた」

安堵しながら、ボクは、今後はこのように自分でコードウィンドウを表示しなければならないケースがきっとあるんだろうな、と直感していた。

「ちなみに、画面左下の『プロパティ』と画面右下の『イミディエイト』というウィンドウが表示されないときがあるが、まあ、お前が使う機会は当面はないだろうから、表示されていようがいなかろうが気にするな」

ボクは、画面を見ながら口を開いた。

「これがVBEとコードウィンドウですね。そして、これが先ほど記録したマクロか（図9）」

「そうだ。じっくりと見て、法則性を探してみろ」

図8

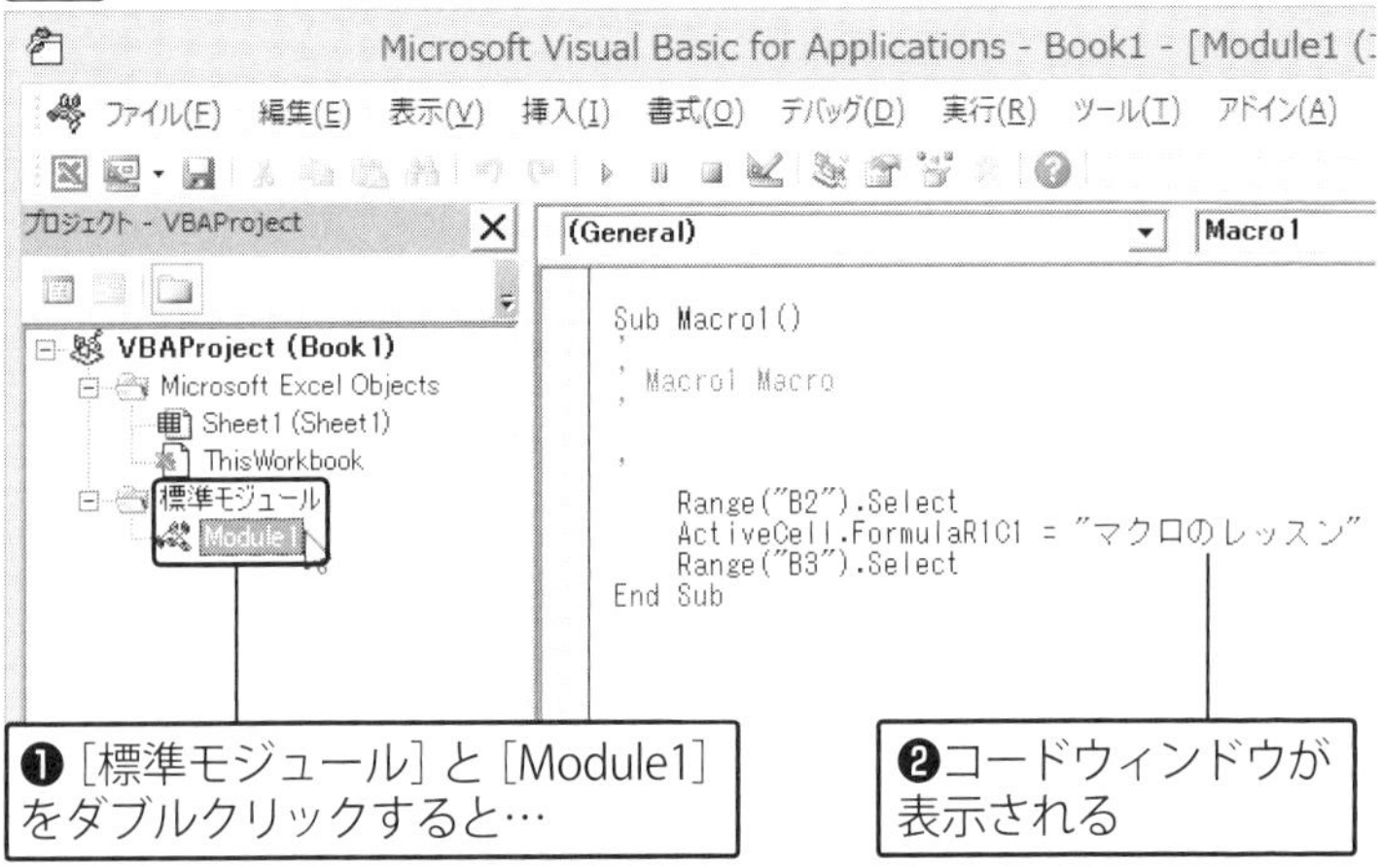

ふーむ。わかったのは……。

まず、マクロは「Sub《サブ》 Macro1()」というタイトル行で始まるようだ。そして、「Macro1()」がこのマクロ名で、Ｓｕｂとマクロ名は半角のスペースで区切ることもわかった。

マクロの最後はどうやらＥｎｄ　Ｓｕｂで終了するんだな。

また、「'」（シングルクォーテーション）で始まる行や空白行は、マクロの動作とは無関係なのも間違いなさそうだ。

「お前、意外に勘が鋭いな。まさしくそのとおりだ。ちなみに、マクロの開始を意味するＳｕｂは、『Ｓｕｂｒｏｕｔｉｎｅ《サブルーチン》』の略語だ」

「なんか、『サブ』という響きがイヤですね。補欠とか付録みたいで」

「まあ、それに近いな。Ｓｕｂｒｏｕｔｉｎｅ

図9

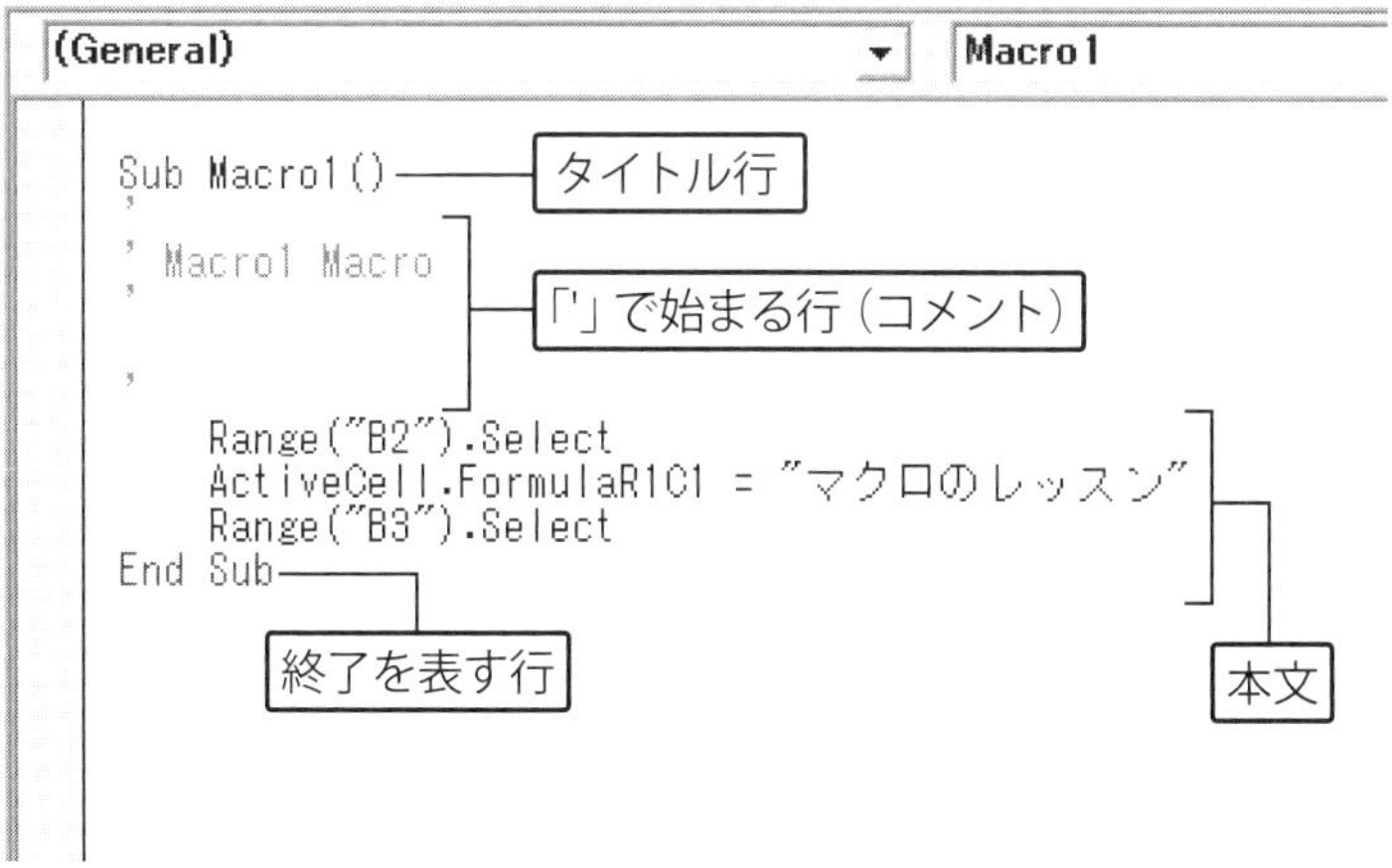
(General)
Macro1
Sub Macro1()
'
' Macro1 Macro
'
'
Range("B2").Select
ActiveCell.FormulaR1C1 = "マクロのレッスン"
Range("B3").Select
End Sub
タイトル行
「'」で始まる行（コメント）
終了を表す行
本文

は、プログラムの世界では、『裏方』とか『使いっ走り』的な意味合いだな。ハハハ。今の真二にピッタリじゃないか。いや、こいつは愉快！」

「…………」

「ハハハ！　ハハ！　ハ、ハ……」

ボクが睨《にら》みをきかすと、白百合は咳払いを一つした。

「すまん。調子に乗りすぎた」

ボクは、白百合の謝罪を受け入れると、口を開いた。

「それにしても、なにか思った以上に人間の言葉に近いですね。0と1の羅列だったらどうしようと思ってました」

「ハハハ。それはハリウッドのスパイ映画の観すぎだな。また改めて説明するが、マク

図10

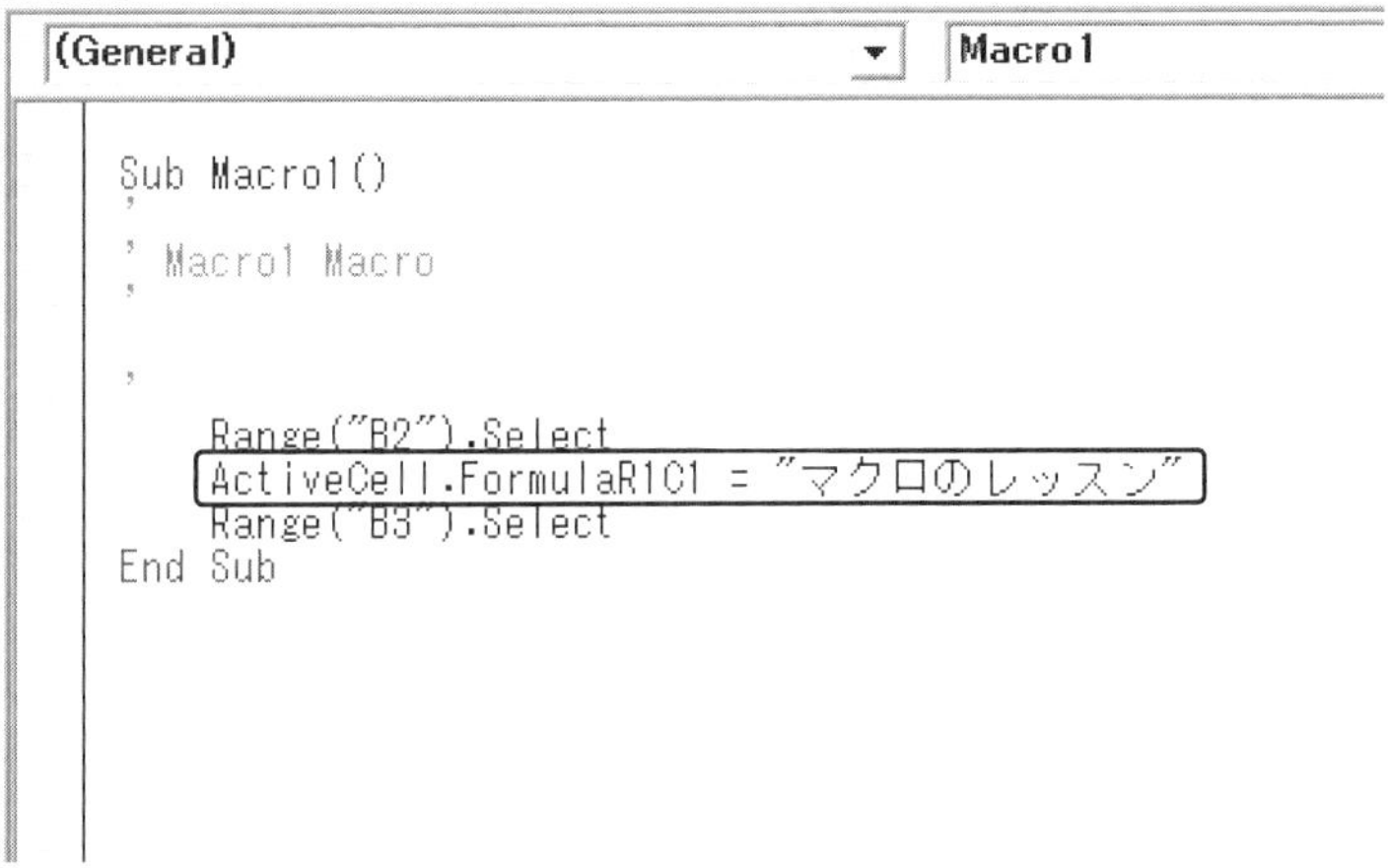
(General)
Macro1
Sub Macro1()
'
' Macro1 Macro
'

'
Range("B2").Select
ActiveCell.FormulaR1C1 = "マクロのレッスン"
Range("B3").Select
End Sub

ロはお前の言うとおり人間の、しかも日本語に非常に近いんだよ。そうした意味でも、マクロは必ず誰にでもマスターできるよ」

「マクロを見ると、一行ずつになってますね（図10）」

「その一行ずつのことを**ステートメント**と呼び、それぞれが個別の命令文になっているんだ。ほら、英語で声明文のことをステートメントと言うだろう。それとほぼ同じ意味だと考えればいい。そして、マクロは、ステートメント単位で命令を実行していくのさ」

「へえ」

「たとえば、下から三行目に『ActiveCell.FormulaR1C1 ＝〝マクロのレッスン〟』というステートメントがあるだろう。このステートメントが実行されたときに、アクティブセルに『マクロのレッスン』と入力されるわけだ」

「アクティブセルって？」

「現在選択されている、データの入力が可能なセルのことだ」

「じゃあ、この場合はセルB2がアクティブセルですね」

「そのとおり」

「ふーん」

「あと、お前もすでに気付いているとおり、「'」（シングルクォーテーション）で始まる行は**コメント**、すなわち『注釈』だ。マクロの動作とは無関係で、文字通りコメントが書かれている。普通は、マクロの作成者名やマクロを作成した日付などを書くが、マクロとして実行されるわけじゃないから、なにを書こうが自由だ」

「あの、なんとなくわかったんで、ちょっとこのマクロを編集してみてもいいですか？」

「ほお、強気だな。じゃあ、好きなように編集してみろ」

そこでボクは、次のように一行目のタイトル行と下から三行目のステートメントを書き換えてみた（図11、図12）。

すると、白百合から思わぬ賞賛を受けた。

「お見事。マクロはそうやって、このＶＢＥのコードウィンドウで編集するのさ」

図11

```
Sub Macro1()
↓
Sub 文字の入力()
```

図12

```
ActiveCell.FormulaR1C1 = "マクロのレッスン"
↓
ActiveCell.FormulaR1C1 = "マクロをマスター"
```

08

「へへへ。じゃあ白百合さん。次はなにを教えてくれるんですか？」

「ちょっと待て。ペースが速すぎだ」

言って、白百合は二本の缶ビールを手に取った。

「真二。三十分、休憩だ！」

「え！　休憩？　まだボクは大丈夫ですが……」

白百合はボクの言葉には耳を傾けず、缶ビールをボクに一本差し出すと言った。

「真二の記念すべき初めてのマクロだ。ブックを保存しておけ」

「わかりました。あ、アドバイスは無用ですよ。名前を付けて保存なんて、マクロじゃなくてエクセルの基本操作ですから。しかも、基本の『き』ですよ」

言って、ボクはそのブックを「初マクロ．ｘｌｓｘ」という名前で保存しようとした。

すると、白百合が大声で笑い始めた。

「ハハハハ。やっぱりそうきたか」

「え？」

「アホか！　お前はせっかく作ったマクロを捨ててしまうつもりか」

「まさか。だから今から保存するところじゃないですか」

「まったく。『アドバイスは無用』なんて、どの面《つら》さげて言えるんだ。いいか、真二。そのファイル形式ではマクロは保存されないぞ」

「え！　そうなんですか。じゃあ、どうすれば？」

「マクロを含むブックのときは、ファイルの種類を『Ｅｘｃｅｌマクロ有効ブック』にしなきゃダメだ。拡張子は『ｘｌｓｍ』だな」

言いながら、白百合は、［ファイルの種類］のリストボックスの上から二番目の『Ｅｘｃｅｌマクロ有効ブック』を選択した（図13）。

図13

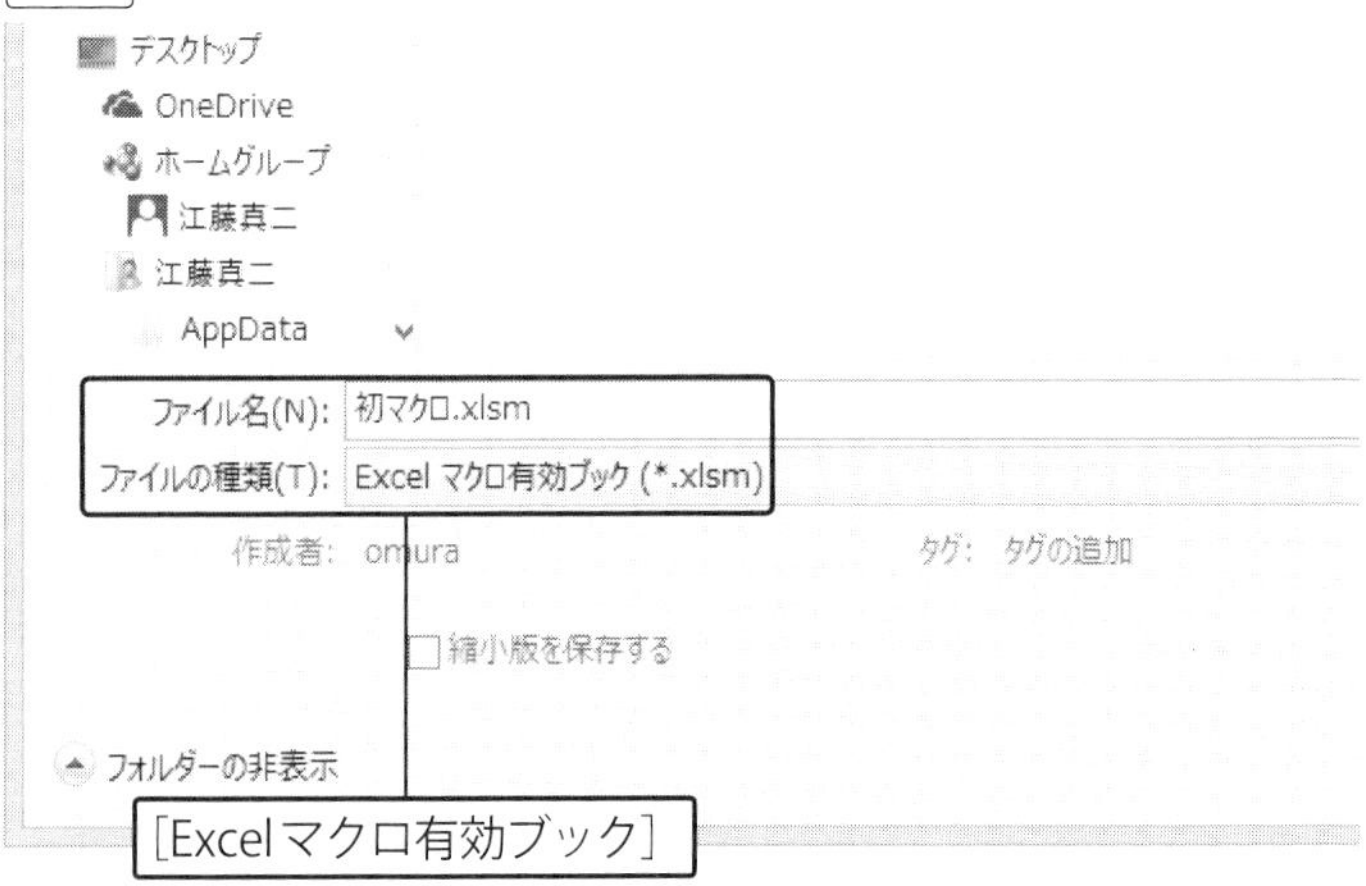

「はあ。これはあり得ないほど大切なことですね。これを知らなければ、マクロを保存できない……」

「そういうこと。じゃあ休もう」

しかし、溢れ出る知識欲が抑え切れないボクは、ついその思いが顔に出てしまった。

「安心しろ。今夜は、今までに話したテクニックと関連することをあと三つほど教授してやる。むしろ、お前のほうこそ休憩に引きずられて気を抜くんじゃないぞ」

「わかりました」

言って、ボクは「初マクロ．ｘｌｓｍ」を閉じると、缶ビールのプルタブを引いた。

三十分後に始まるレッスンに思いを馳せながら。

もっとも、そのレッスンのあとに、白百合を見て激しい動揺に襲われることになろうとは、そのときのボクには知る由《よし》もなかった。

第3章
真二、おそるおそるマクロを実行してみる

09

ボクは、都庁の真上に輝く月をボンヤリと見ながら、少し温くなった缶ビールを飲んでいた。公園のアブラゼミたちは夜にもかかわらず、今を盛りと鳴いている。

「よし、休憩は終わりだ！」

三十分後、子犬と楽しそうにじゃれ合っていた白百合が大声を出した。

「じゃあ、さっき保存して閉じた『初マクロ．ｘｌｓｍ』を開きますね」

「ほお、真二。お前にできるのか？」

「あの、ガチで怒りますよ。エクセルのブックも開けずにサラリーマンが務まりますか。そんなのエクセルの基本操作以前の話です。いろはの『い』ですよ」

「そうかい。勝手にしろ」

そう言うやいなや、白百合は地面に寝転がってしまった。

「しかたない。とりあえず、『初マクロ．ｘｌｓｍ』を開いてみよう。でも、それでなにが起きるっていうんだ」

独りごちながら、ボクはいつもと同じように「初マクロ．ｘｌｓｍ」を開いた。

「なんだ、こりゃ？　『セキュリティの警告　マクロが無効にされました。』って、おいおい、無効にされちゃ困るんだけど（図1）」

ボクは、両腕を組んで首をひねった。

そして、思わず白百合に頼りそうになったが、自分で大見得を切ったことを思い出して踏みとどまった。

「待てよ。セキュリティの警告の隣に［コンテンツの有効化］ボタンがあるよな……。なるほど。この『コンテンツ』というのがマクロのことか。だとすると、Ｅｘｃｅｌマクロ有効ブックは、マクロを無効にした状態で開き、マクロを使いたいときには［コンテンツの有効化］ボタンをクリックしろってことだな。たぶん、マクロウィルス対策だろう」

もっとも、マクロの実行方法がわからない

図1

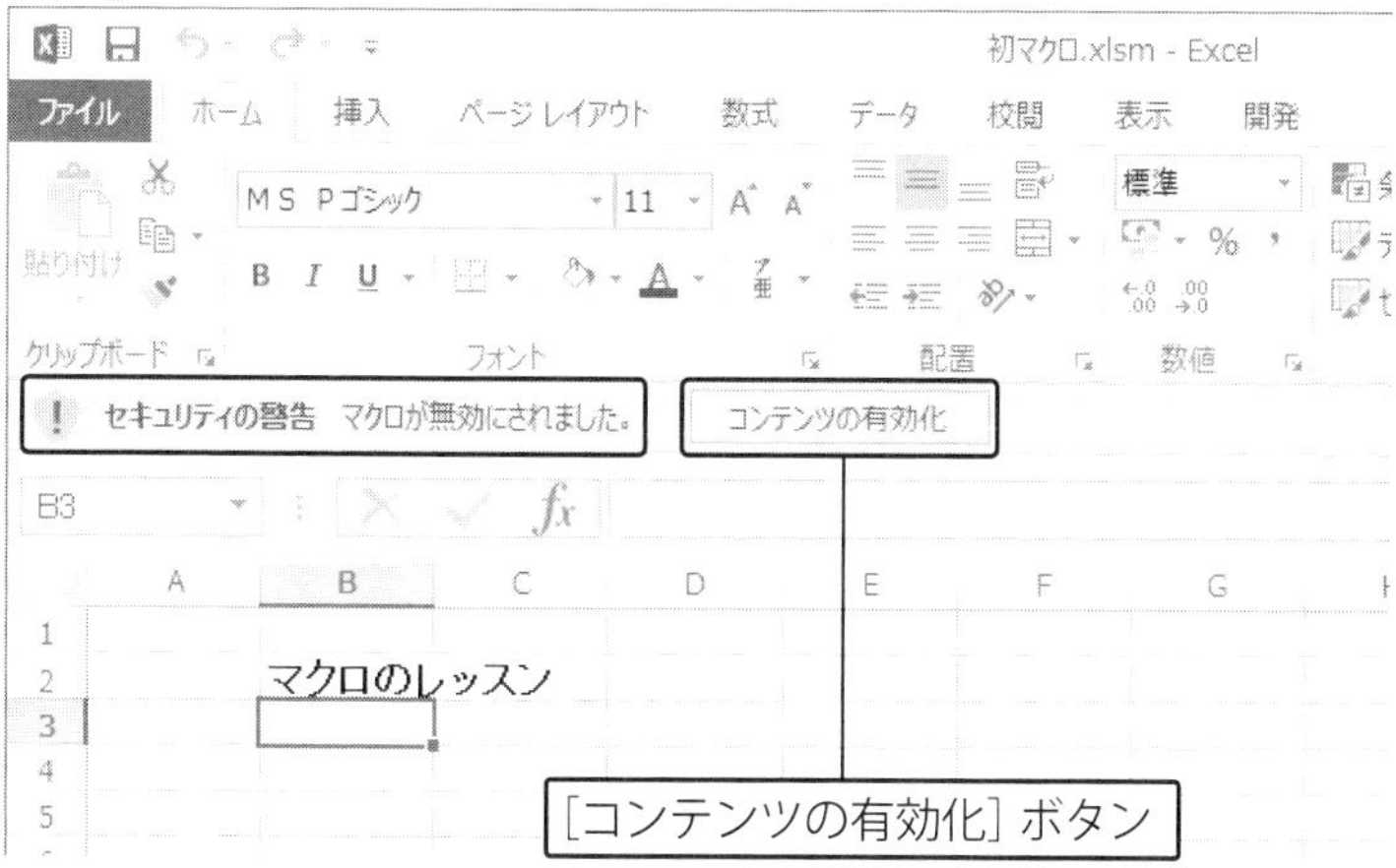

ボクには、自分の推察を確認する手段がなかった。

悔しいが、ここは白百合に尋ねるしかない。

ボクは、寝そべっている白百合に声をかけようとしたが、先に彼が言葉を発した。

「お前の独り言は聞こえてる。お前の推察通り、マクロを有効にしたいときには［コンテンツの有効化］ボタンをクリックすればいい」

「やっぱりそうですか。でも、マクロを含むブックを開くたびにこのセキュリティの警告が表示されるのは鬱陶《うっとう》しいですね」

「セキュリティの警告が表示されるのは、最初の一回だけだ。ただし、そのブックをほかのフォルダに移動したり、そのブックのコピーを作成したりすると、またセキュリティの警告が表示されるがな」

「なるほど。じゃあ、［コンテンツの有効化］ボタンをクリックしますね」

「よし、真一。次は［Alt］+［F11］キーを押すんだ」

「ＶＢＥの起動ですね。わかりました」

「押したな？　じゃあ、もう一度［Alt］＋［F11］キーを押せ」

「ちょっと、そんなことしてなんになるんですか。もうＶＢＥは起動してますよ」

「いいから押せ」

「しかたないなー」

愚痴りながらも、ボクは白百合に言われたとおりにした。

「あれ？　画面がエクセルに切り替わったぞ。へえ。［Alt］＋［F11］キーは、ＶＢＥを立ち上げるだけじゃなくて、エクセルとＶＢＥの表示を切り替えることもできるんですね」

「だから、そのショートカットキーを教えたんだ」

「で、ボクになにをやらせたいんですか？　今、エクセルのセルB2にはさっき入力した『マクロのレッスン』と表示されてますけど」

白百合は、ノートパソコンを覗き込むと口を開いた。

「では、再び［Alt］＋［F11］キーで、今度はＶＢＥを表示しろ」

「表示しました」

「そうしたら、ＳｕｂからＥｎｄ Ｓｕｂの間、要するにマクロの中のどの位置でもいいからマウスカーソルを置いて、［F5］キーを押してみろ」

「F5キーですね。はい、押しました」

「……」

「…………」

「………………」

「ちょと、なんなんですか！　この気持ちの悪い間は！　それに、なにも変化が起きないんですが」

「あ、スマン、スマン。ちょっと居眠りしちゃったあ〜」

「なに、可愛く言ってるんですか。それに、スマン、は一回でいいですよ」

すると、白百合が眉間にしわを寄せた。ひょっとして、怒らせてしまったのか。

「ちょっと待て。真二。お前今、なんて言った？」

「あ、あの。スマンは一回でいい、と……」

「その前だ。お前、なにも変化が起きないと言ったな」

「寝てないじゃないですか！　もう。だって、実際になにも変化が起きてませんよ」

「じゃあ、エクセルに表示を切り替えてみろ」

ボクは、渋々Alt＋F11キーを押した。

驚いた。先ほどまで「マクロのレッスン」と入力されていたセルB2に、今度は「マクロをマスター」と入力されている。三十分の休憩前に、ボクが下から三行目のステートメントを書き換えたマクロが実行されたのか。

「ちょっと待ってください。さっきの［F5］キーでマクロが実行されたんですか」

「そのとおり」

ボクは狐につままれた気分だった。ボクは今夜だけで、文字を入力するマクロを記録して、それを編集して、さらにそのマクロを実行してしまったのだ。

「白百合さん。ボクってチョー凄いですね」

「アホか。凄いのはエクセルだ」

11

白百合が続けた。

「今のマクロの実行方法は、あくまでも作成途中のマクロの動作を確認する手段だ」

「確かに、エクセルとＶＢＥを行ったり来たりするのは面倒ですね」

「ということで、「開発」タブの［挿入］ボタンをクリックして、「フォームコントロール」の

［ボタン］をクリックしてみろ（図2）」

「え？　今度はなにをさせる気ですか？」

「いいから、黙って手を動かせ」

ボクは言われたとおりにしようとしたが、白百合の補足が入った。

「あ、ちょっと待て。挿入ボタンをクリックすると、図形の元となる部品が二種類表示される。そして、ここで選択するのは上の方の［フォームコントロール］の左上のボタンだ。間違って下の方の［ActiveXコントロール］のボタンは絶対に作成しちゃいけないぞ。両者のボタンは非常に似ているが、その機能はまったく異なるからな。というより、［ActiveXコントロール］のボタンは今後は一生使わない、と覚えておくんだ」

「なぜですか？」

図2

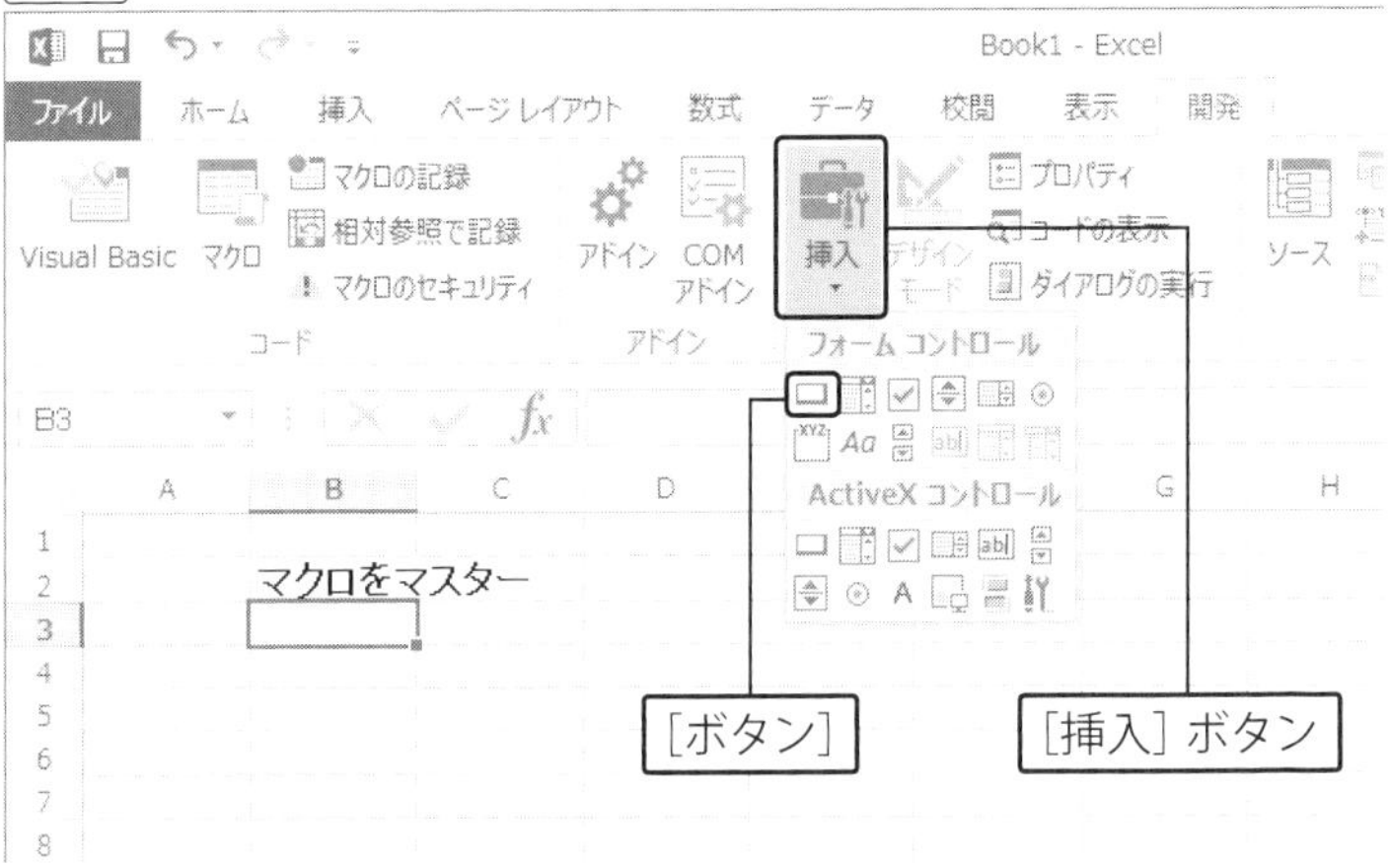

「その理由をお前に説明する義理はない。そして、必要ないから使わない。この説明で十分だ」

ボクは内心、腹が立った。

「わかりましたよ！　じゃあ、「フォームコントロール」のボタンをクリックしますよ」

「よし。次は適当な場所から右下に向けてマウスをドラッグしてみろ。それでボタンが描けるぞ」

ボクは白百合の言うように、セルD2のあたりから右下にマウスをドラッグしてみた。もっとも、ドラッグしている間、ボタンは表示されなかったが、ドラッグを終えると、「マクロの登録」ダイアログボックスが表示された（図3）。

「マクロ名」欄には、「ボタン1＿Click

図3

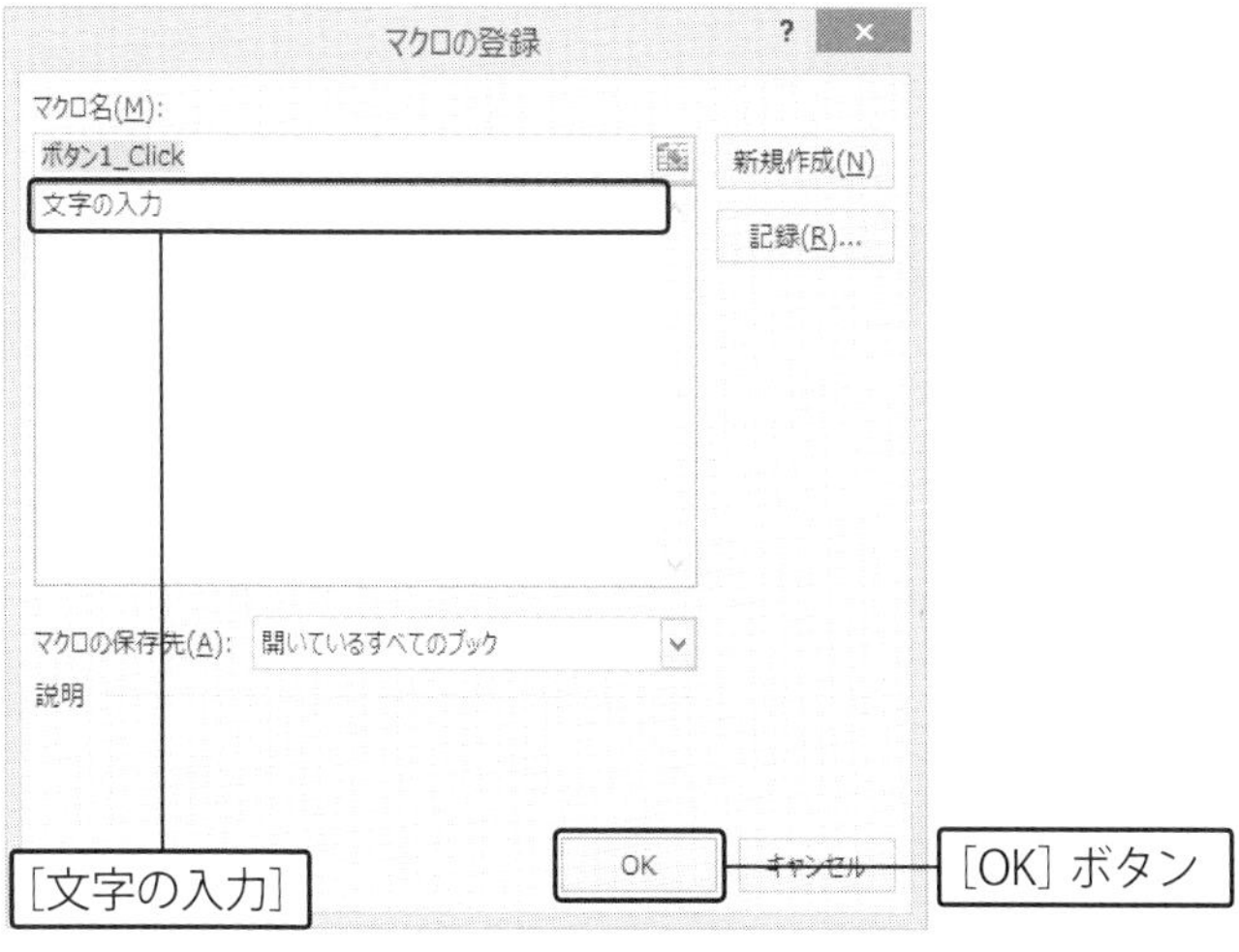

k」と表示されているが、ここではその下の自分で作成したマクロ、「文字の入力」を選択するのは間違いないだろう。そして、OKボタンをクリックだ。

すると、ワークシートに描画されたボタンが現れた（図4）。

ボタンは選択された状態だったが、ボタン以外の場所のセルをクリックしたら、ボタンの選択状態が解除され、描画は無事に終了した。

「よし。じゃあ、まずセルB2の文字を削除しろ」

ボクは、Deleteキーでセル B2の「マクロをマスター」という文字列を消した。

「では、今作ったボタンをクリックするんだ！」

図4

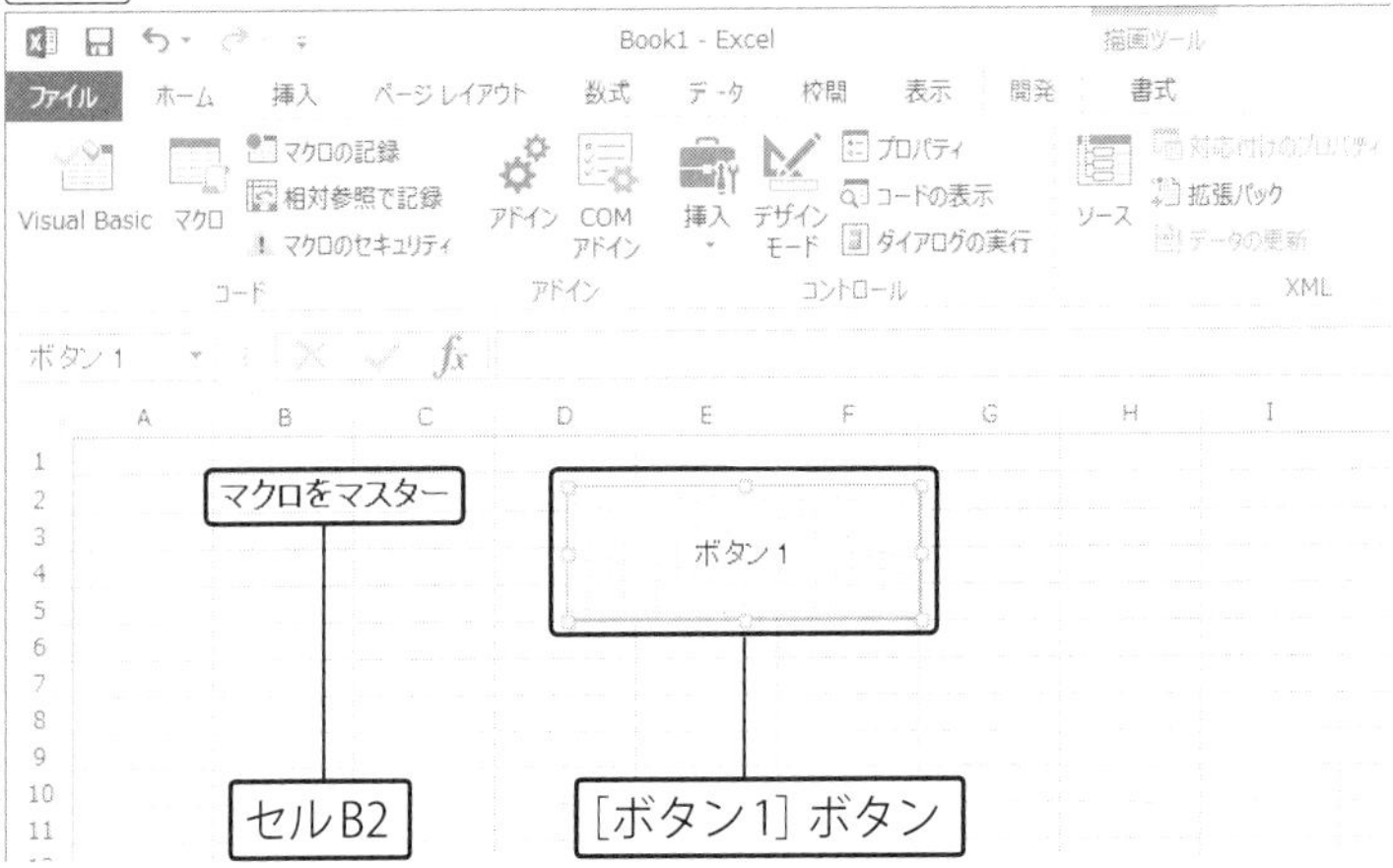

言われるままに、ボクは自分で描画した［ボタン1］というボタンをクリックした。すると、セルB2に再び「マクロをマスター」と入力された。

「動いた！　また、マクロが動きましたよ、白百合さん！」

「当然だ。そのボタンには、さっき作ったマクロが登録されているからな。このように、日々利用するマクロは［フォームコントロール］のボタンに登録して、便利な方法で実行できなければ意味がない」

「なるほど。マクロはこうやって実行するんだ……。あ、白百合さん。今、ボタンのタイトルは『ボタン 1』ですが、このタイトルを変更したいときはどうするんですか？　ボタンをクリックすると、マクロが実行されちゃいますよね」

「ああ。そういうときには、［Ctrl］キーを押しながらボタンをクリックすればいい。マウスポインタの形状は変わらないが、マクロを実行することなくボタンを選択できるぞ。あとは、タイトルを変えるなり、ボタンのサイズや位置を変更するなり、［Delete］キーでボタンを削除するなり、好きにするといい」

その後、ボクは何度も同じマクロを実行してみた。そのたびにマクロは同じ動作をした。この当たり前のことに、ボクは感動することしきり。何事も、新しいことをマスターするために必要なのはこの「感動」だろう。

「いやー、白百合さん。エクセルのマクロって面白いですね」

「…………」

見ると、白百合は肘を枕にいびきをかいている。

「やれやれ。今日はここまでか」

呟きながら、ボクがビールの空き缶を回収しているときだった。一瞬、ボクの目に光が飛び込んできた。

慌てて光源を探すと、ボクの視線は白百合の手首で止まった。

「え！　相当に使いこまれてるけど、これは……。なぜ、ホームレスの白百合さんが……」

まだ正円を保った大きな月と常夜灯の光が、ホームレスの手首に巻かれた三角形の腕時計、ハミルトンのベンチュラを照らしていた。

第4章

真二、メッセージを表示して感動する

12

翌日、会社でボクがプリンターから用紙を取り出すと、プリンターはすぐに新しい用紙を吐き出した。見出しが大きかったので、ボクは瞬時に、それが「顧客別の売上集計表」であることを視認した。

「あ、それ、私の」

振り向くと、水岡遥香が立っていた。

「あ、そう。はい……」

言って、ボクはその用紙を水岡に手渡した。

しかし、一昨日の一件があったためか、二人の間に気まずい空気が流れた。そこで、ボクは咄嗟《とっさ》に言葉を選んだ。

「水岡さんは、顧客別に売り上げを集計してるんだ。そうだよね。すでに水岡さんは二社、顧客を持ってるんだものね。それに引き換え、ボクは新規開拓するための『見積書』ばかりだよ。まったく、ボクときたら……」

この一言のどこが癪に障ったのかはわからない。しかし、水岡の顔はみるみると不機嫌になった。

〈これはまずい。これでは、ますます水岡さんとの距離が広がるばかりだ。なにか、話題を変えないと……〉

そのとき、昨夜の白百合とのレッスンが頭をよぎった。

もしかしたら、アレを実演して見せれば彼女の機嫌も直るかもしれない。

「あの、水岡さん。ちょっとだけ、顧客別に売り上げを管理しているシートを見せてもらえない？」

「え？　まあ、見せてもいいシートはあるけど……」

「大丈夫。時間は取らせないから」

水岡のデスクに行くと、彼女はとある顧客別売上管理シートをパソコンに表示した。

「これかー。じゃあ、ちょっと見てて」

言って、ボクは白百合に教わったのと同じように［開発］タブを表示すると、［マクロの記録］ボタンをクリックしたあと、データを顧客順に並べ替え、売上金額を集計し、それを印刷する操作をマクロ記録した。

そして、そのマクロを「フォームコントロール」のボタンに登録した。

「江藤君。ちょっとなにをしてるのかわからないんだけど」

水岡のその声を聞きながら、ボクは集計を中断し、データをわざとバラバラの日付順に並べ替えた。

「水岡さん。試しに、このボタンをクリックしてみて」

「え、ええ」

水岡は、おそるおそるボタンにマウスポインタを合わせた。なにが起きるのかわからない彼女が緊張するのも無理はない。

そして、水岡がボタンをクリックした。

次の瞬間、彼女は驚きの声を上げた。

「え！　どういうこと！　バラバラだったデータが、顧客順に並べ変わって……、金額も集計されてるわ！」

「それだけじゃないよ。ちょっと、プリンターを見てきて」

ボクに言われてプリンターに向かった水岡は、満面の笑みで戻って来た。

13

「凄い！　印刷まで自動化されてる！　江藤君。一体、どんな手品を使ったの？」

「これが『エクセルのマクロ』だよ。そして、ボクはマクロを使って、営業部の業務改善をしたいと思ってるんだ」

「そう！　これはみんな喜ぶわ！　頑張ってね、江藤君！」

この一言で、先ほどまで固かったボクの心は、熱したバターのように心地よく溶けた。

ボクは、自分の腕時計に目を落とした。クロノグラフは夜の七時半を示していた。このハミルトンは、入社一年目に冬のボーナスで自分へのご褒美に買った十万円そこそこの時計だ。

そのとき、ボクは昨晩見た光景を思い出していた。白百合がしていたハミルトンのベンチュラだ。くしくも、ボクの腕時計と同ランクの代物だ。

彼には分不相応もはなはだしいが、ボクはそのことを追求する気にも、また、彼をからかう気にもなれなかった。

ホームレスに身を落としても手放すことができなかったベンチュラ。そこにはなにか理由があるに違いなかったからだ。

そんなことを思いながら公園を歩いていると、聞き慣れた声がした。

「おい！　真二！」

声の方向を見ると、膝に置いた子犬を左手で撫でている白百合の姿が常夜灯の明かりの中に浮かんでいた。昨夜よりも騒がしい気がするセミの羽音をバックに、白百合は右手で筒を作って、それを飲み干す仕草を見せた。

ボクはレジ袋に視線を落とすと、それを高く掲げて苦笑まじりに返した。

「大丈夫！　持ってきましたよ！　授業料！」


「で、今日はなにを教わりたいんだ？」

白百合が、すでに二本目となる缶ビールを口に運びながら聞く。

「今日は、ＶＢＥの操作を全部覚えちゃいたいなー、と思って」

「全部？」

「はい。全部です。だって、ＶＢＥのメニューを見ると、コマンドがたくさんあるじゃないですか。ファイル、編集、表示、挿入……と十一個もある」

「やれやれ」

白百合は、肩をすぼめながら続けた。

「これだから素人《しろうと》は。まあ、その心意気を買わないわけではないが、たとえば真二。お前、自分のスマホの機能をすべて知っているか？」

「いいえ。たぶん、一割も理解していないと思います」

「たった一割だな。ということは、お前はスマホを使うときに苦労しまくっているわけだな？」

「いいえ。不便を感じることはまったくないですね」

「だろう？　ＶＢＥもそれと一緒だよ」

「え？」

「ＶＢＥの機能なんて一割も知ってれば十分だよ。残りの機能は、まず使わない。使わないものを覚えても意味がない」

白百合の言うことは、確かに理にかなっていた。

「それに、今お前が挙げた十一個のメニューは、たぶん、一生使うことはないだろう」

「そんなバカな。メニューも使わずにどうやってＶＢＥを操作するんですか！」

「じゃあ、昨日作った『初マクロ．ｘｌｓｍ』を開いてＶＢＥを起動してみろ」

「ちょっと。ボクの質問に答えてくださいよ」

しかし、白百合は無言のままだ。

まったく納得のいかないボクは憮然《ぶぜん》とした表情で、言われたとおりに「初マクロ．ｘｌｓｍ」を開くと、[Ａｌｔ]＋[Ｆ11]キーでＶＢＥを起動した。

「さて。このコードウィンドウについてはもう説明の必要はないな」

白百合がコードウィンドウを指さしながら言う。

「じゃあ、ここを見てみろ（図1）。この部分を**プロジェクトエクスプローラー**と呼ぶが、ここで「Ｍｏｄｕｌｅ１」をダブルク

図1

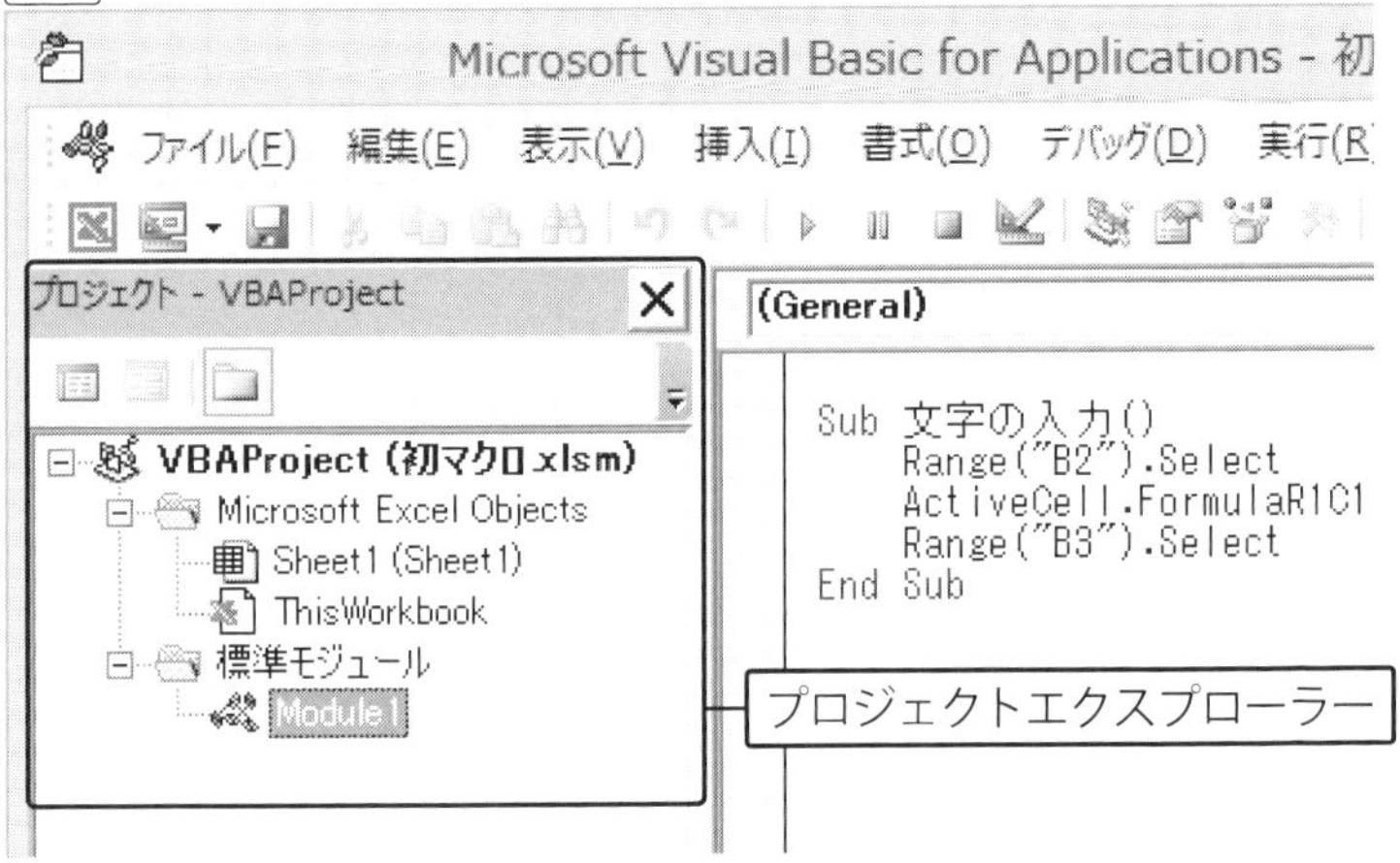

リックすれば、その内容がコードウィンドウに表示されることは理解しているな」

「ええ。それはわかってます」

「それに、マクロは当然だが、セルに保存されるわけじゃない。マクロは、**モジュール**と呼ばれるマクロ専用のシートに保存されるんだ」

「モジュール、ですね」

「そう。専門的には『プロジェクトエクスプローラー』にも表示されているとおり、**標準モジュール**と呼ぶ。なぜわざわざ『標準』と付くのかは、今のお前は考える必要はない」

「またそうきましたか。なぜ、白百合さんはいつも情報を小出しにするんですか。一度に全部教えてください。そのほうが効率がいいでしょう」

「…………」

「はいはい、わかりましたよ。マクロは標準モジュールに作成するんですね。で、次はなにを言いたいんですか？」

「お前はマクロを一つしか作っていないから、現在は標準モジュールは一つしかないだろう？」

「そうですね」

「でも、エクセルでデータが多いと、ワークシートが何枚も必要になるように、マクロの数が増えれば、標準モジュールも二つ、三つと必要になってくる。そこでだ。ちょっと試しに、標準モジュールを一つ追加してみよう」

「標準モジュールを追加って。ボク、まだなにも教わってませんよ。しかも、十一個のメニューは一生使わない、なんて言われたらもうお手上げですよ」

「まったく。世話のかかる奴だ。じゃあ、大サービスだ。この作業はオレがやるから、お前はよく見てろ」

ボクは、呆れて両肩をすぼめながらも、白百合の操作を見守ることにした（図2）。

すると間もなく、「Ｍｏｄｕｌｅ２」という標準モジュールがプロジェクトエクスプローラーに表示された。

図2

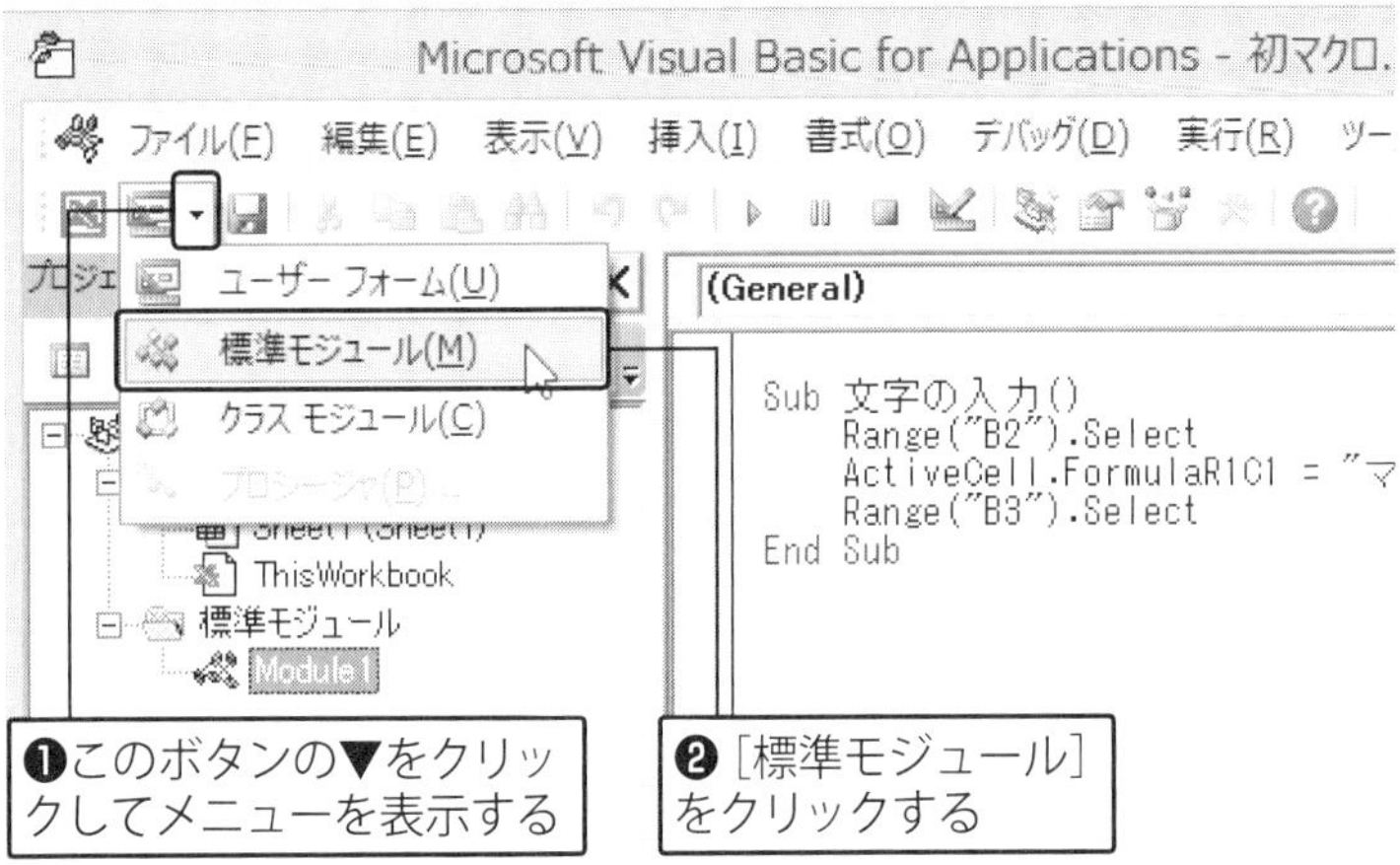

「これが、標準モジュールの追加方法だ」

「なるほど。わかりました。じゃあ、今度は今追加した標準モジュールを削除してみてください。さあ、頑張って」

「お前、何様のつもりだ。全部オレにやらせる気か？　お前が削除するんだ」

ボクは、自分の表情がみるみる険しくなっていくのを感じた。白百合が追加をしたんだから、削除も自分でするのが筋じゃないのか。

〈まったく、このホームレスはいちいち中途半端なんだよ。あ、だからホームレスなのか。わかったよ。自分でやるよ〉

14

さて、白百合の指令は「標準モジュールの削除」だ。でも、どうやって……。

うん？　待てよ。エクセルのワークシートが典型的な例だが、削除といえば大抵はショートカットメニューだよな。

ボクは、迷いつつも［Ｍｏｄｕｌｅ２］を右クリックしてショートカットメニューを表示した。

さて、削除、削除……。

うん？　どこにも「削除」がないぞ。しまった。勘が外れたか。

ただ、［Ｍｏｄｕｌｅ２の解放］というコマンドがあるな。考えられるとしたらこのコマンドしかないな。

そこで、ボクは［Ｍｏｄｕｌｅ２の解放］をクリックした（図３）。

〈なんだ。なにかメッセージボックスが表示されたぞ。おいおい。どんどんドツボにはまっていくじゃないか（図４）〉

図3

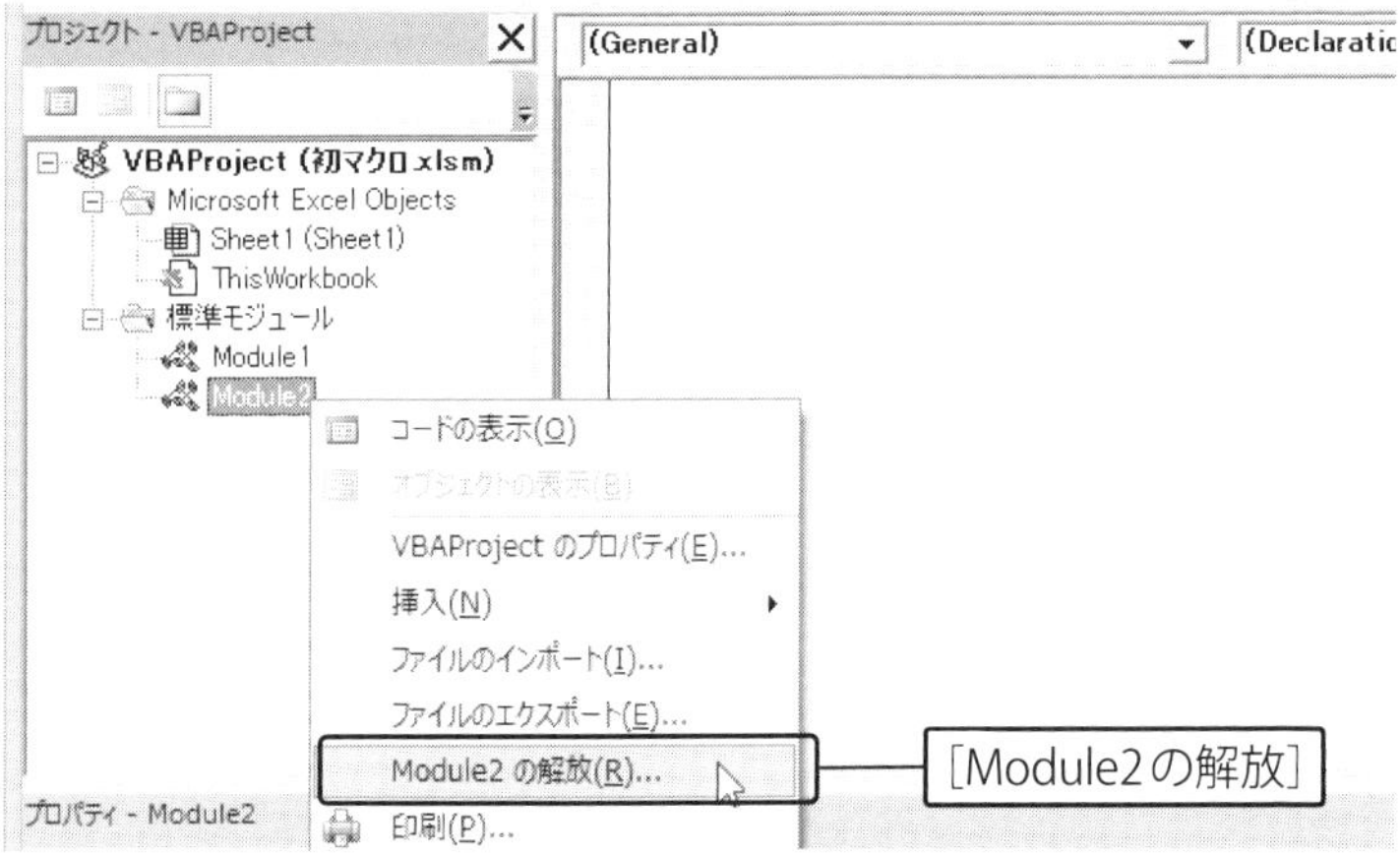

ボクは、真剣に白百合の首を絞めたくなった。

〈エクスポートしますか？　……。ダメだ。さっぱり意味がわからない。このホームレスに屈するのは悔しいが、ここは彼に頼るしかなさそうだ〉

「白百合さん……」

「なんだ？」

「つまづきました」

すると、白百合はダイアログボックスを見ながら言った。

「まあ、ここまでできれば上等だ。それに、今の真二の目、怖いぞ。首でも絞められたらかなわないから、まず結論から言う。そのダ

図4

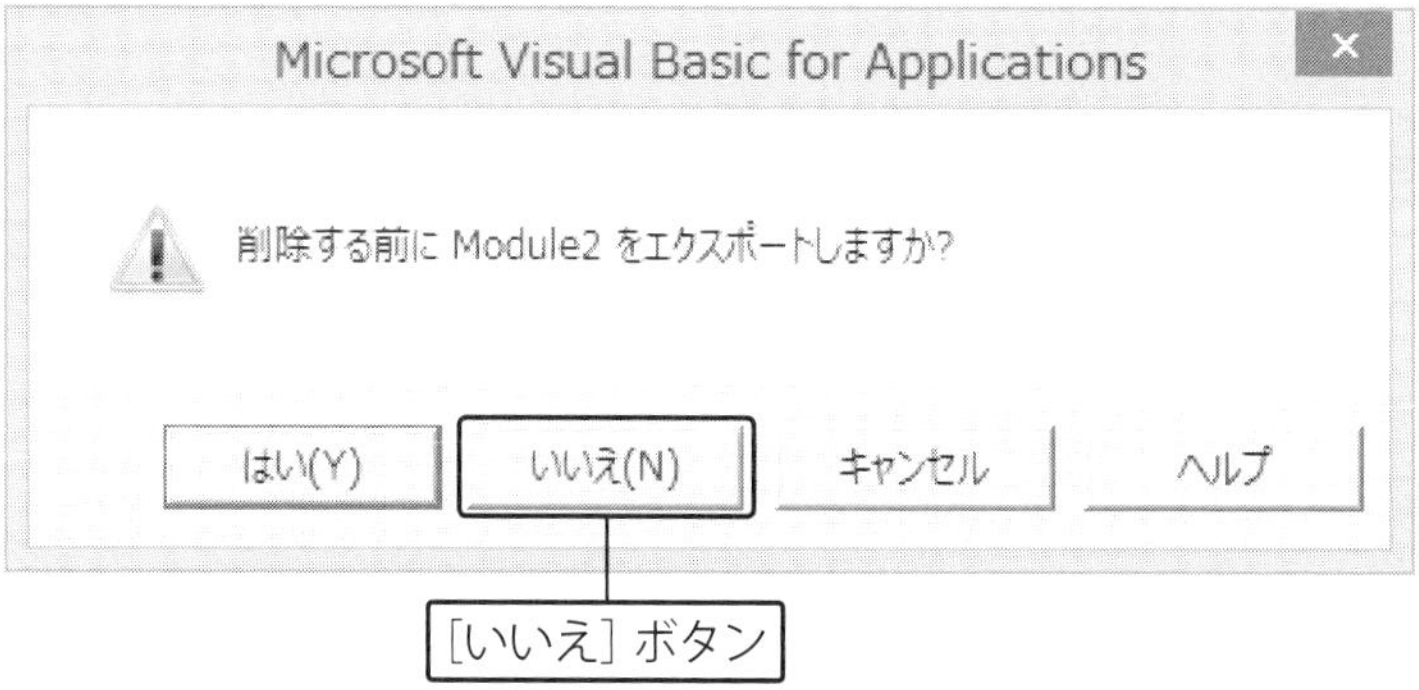

イアログボックスでは、いいえボタンを選ぶんだ。今後一生、はいボタンを選ぶことはないと思え」

「はあ。だけど、このダイアログボックスの意味がわからないのは、ちょっと気持ち悪いですね。でも、どうせ、『そんなことお前が知る必要はない』って言うんでしょう?」

「まさしくそのとおりだが、お前の気持ちもわからないでもない。今のお前は、虫歯が二本あるのに一本しか治療してもらえなかったような気持ちの悪さだろう?」

「なんですか、そのたとえは。なまじ上手いだけに腹が立ちますね。まさしくそのとおりです」

「じゃあ、教えてやるよ。『エクスポート』とは、今回はModule2を削除するんだが、そのModule2を念のため別ファイルとしてハードディスクに保管しますか、という意味だ。だけど、不要だから削除するのに、Module2をハードディスクに後生大事に保管する理由がない」

「なるほど。じゃあ、いいえボタンをクリックしますね」

「よし。よくやった真二。これで削除は完了だ」

「なにか、疲れました」

「いいか、真二。マクロをマスターしていく上で大切なのは、すでに持っている知識の流用、応用、そして推理なんだ。それを頭に叩き込んでおくんだな」

この一言も微妙に癪に障った。言ってることはもっともなのだが、白百合に言われると、ついカチンと来てしまう。

15

「ということで、プロジェクトエクスプローラーの操作方法は以上だ」

「は？　冗談はやめてください。ただ、標準モジュールを挿入して削除しただけじゃないですか」

「じゃあ聞くが、お前はウィンドウズのエクスプローラーを操作するときに、一生懸命色々なことを勉強したか？」

「いいえ。あんなの直観的にわかりますよ。ただ、ハードディスクのファイルがツリー状に表示されているだけじゃないですか」

「プロジェクトエクスプローラーもそれと同じだよ。ただ、標準モジュールがツリー状に表示されているだけさ」

「だったら、モジュールエクスプローラーって呼べばいいのに、なぜ、プロジェクトエクスプローラーって呼ぶんですか？」

「まさしく、今からそれを説明するところだ。人の話の腰を折るんじゃない」

「そりゃあ、すみませんね」

すると、白百合はビールを飲み干し、次の缶ビールを開けた。そして、それを口に運んだあとに言葉を発した。

「なあ、真二。エクセルではワークシートが何枚もあるケースは頻繁にあるよな」

「それは、まあ」

「で、そのワークシートを束《たば》ねているものをなんて呼ぶ？」

「ブックです」

「それと同じさ。マクロを保存しているのは標準モジュールだが、その標準モジュールを一つに束ねたものを**プロジェクト**と呼ぶのさ。そして、そのプロジェクトがプロジェクトエクスプローラーに表示されているわけだ」

「なるほど。要するに、ウィンドウズの場合、個々のファイルがあって、それを集めたフォルダがあって、そのフォルダとファイルを一覧表示するのがエクスプローラー。それと同じイメージですね」

「そのとおり」

「それはわかりました。それよりも、ボクがすごく気になっているのは、標準モジュールの上に表示されている［Sheet1］とか、［ThisWorkbook］なんですが（図5）」

「ああ。それは今のお前は意識する必要は一切ない。そんなもの、ないと思え。いいか、真二。これもマクロの上達の心得だ。その時点で必要のないものは無視をする」

「また無視ですか。もう、反論する気にもなれません。まあ、エクセルのコマンドでも意味がわからずに普段、意識していないものもたくさんありますし、それと同じことだと理解しておきます」

すると、白百合は元々大きな目をさらに

図5

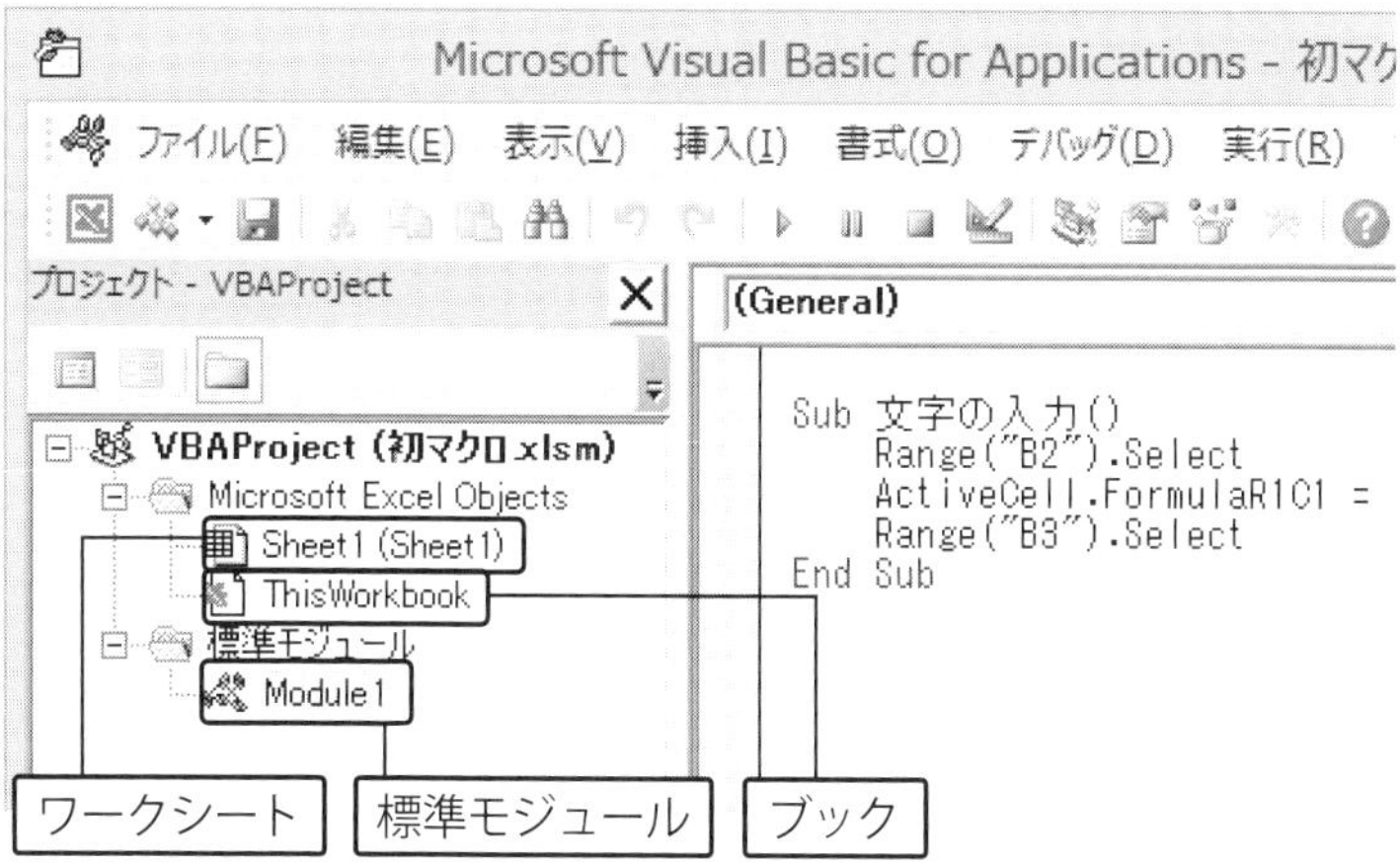

大きく丸くした。

「ほお。力強い言葉だな。意識しないというのは、実はものすごく大変なことなんだぞ。たとえば、オレを穴が開くほど見つめてみろ」

「いえ、気分じゃないです」

「いいから、言われたとおりにしろ」

「はあ」

ボクは、しぶしぶ白百合をじっと見つめた。

「じゃあ、『オレの裸』を意識するな」

「！」

「意識してないな？」

「したくないですよ！　でも、今のボクの頭の中は……。うわー！　白百合さんのお稲荷《いなり》さんが！」

「ほら、見ろ。意識しないというのはそれだけ大変な作業なんだ」

「わかりました、わかりましたよ。だけど、なにもそのたとえでなくてもよかったでしょう。どうしてくれるんですか。この頭に浮かんでしまったお稲荷さんを」

「ハハハ。とにかく、お前はこう覚えるんだ」

①マクロを保存しているのは「Ｍｏｄｕｌｅ～」という名前の「標準モジュール」
②「標準モジュール」を一つに束ねたものが「プロジェクト」
③「プロジェクト」を管理するのが「プロジェクトエクスプローラー」

16

「よーし。喜べ、真二。今度は、実践の時間だぞ」

「え？　お稲荷さんがどうしました？」

「お前、いつまでオレの裸を想像してるんだ。ひょっとして、真二はそっちの人か。あ、大丈夫！　オレはそういうのには理解があるほう……」

「違います！」

「だよな。お前が好きなのは水岡遥香ちゃんだもんな。まあ、フラれたけどな。ハハハ」

ボクは、今度こそ白百合の首を絞め上げようと思った。

「あの、白百合さん。今日の授業は、ここまででいいです」

「なにを言ってる。これだけのレッスンじゃ、お前から受け取った授業料との釣り合いが取れないだろう」

見ると、白百合の周りにはビールの空き缶が四本ある。

「しかたない。じゃあオレがやるから、お前は見ているだけでいい」

白百合は、ボクのノートパソコンを手にして、Module2という標準モジュールを一つ追加した。そしてModule2が表示されたコードウィンドウ上で「Sub テスト」と入力して[Enter]キーを押した。

「いいか。今から、この『テスト』という名前のマクロの入れ物の中に、『セルA1からD10までの範囲を選択する』というマクロを記述していくから、よーく見てるんだ」

図6

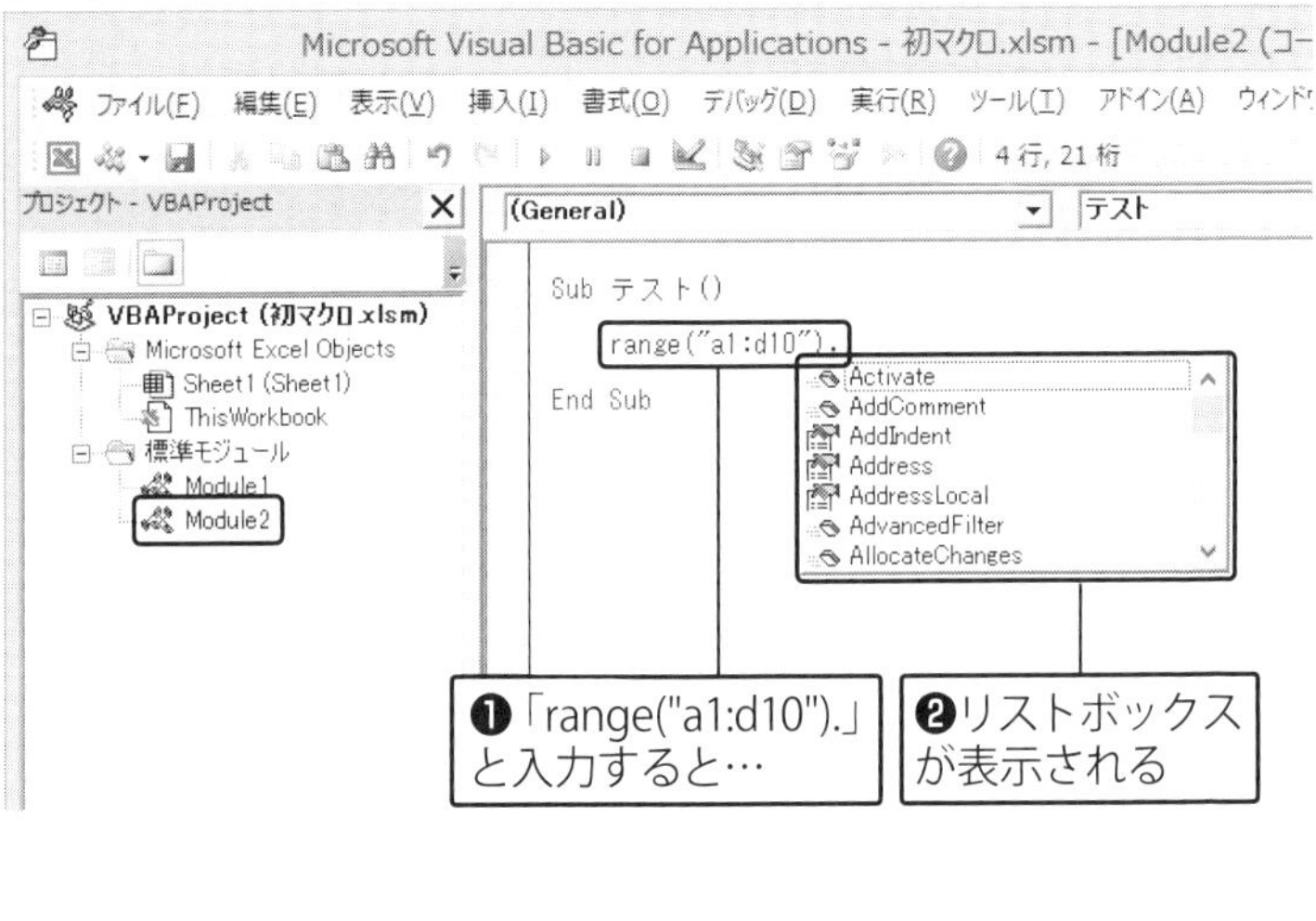

白百合は「range("a1:d10")」と入力したあと、最後に「.」(ドット)を付け加えた(図6)。

「あれ? なにかリストボックスが表示されましたね?」

「ああ。この中にはＲａｎｇｅ《レンジ》に対して使用できるキーワードが集められてるんだ」

「キーワード?」

「キーワードとは、マクロのためにあらかじめ用意されている用語のことだ」

「なるほど」

「Ｒａｎｇｅは、マクロでセルを操作するときに使うキーワードだが、今度また教えてやるよ。じゃあ、このリストボックスに対して『s』と入力するぞ。すると……」

「お! 『S』で始まるキーワードが表示されましたね!(図7)」

図7

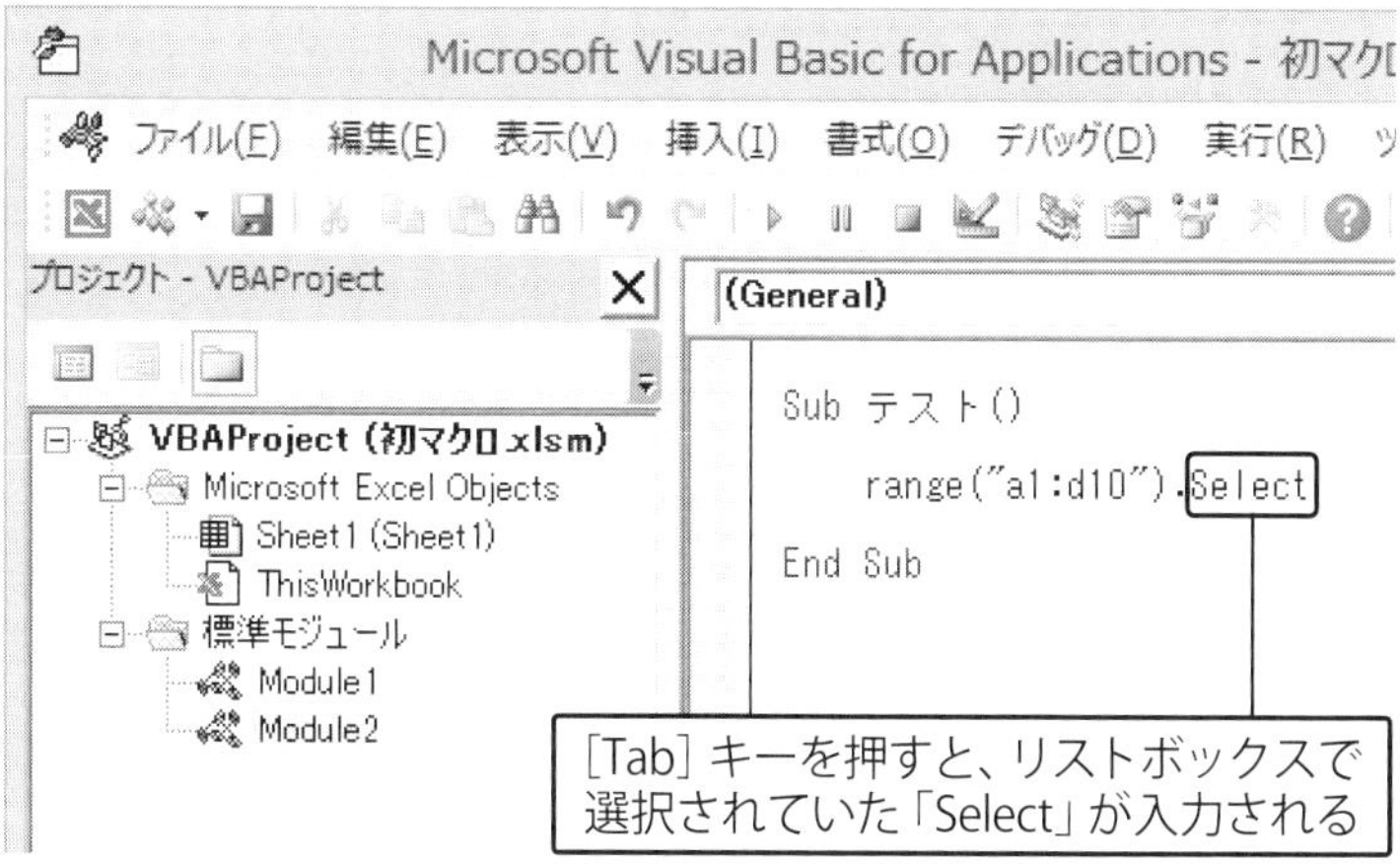

「これで、あとは[Tab]キーを押すだけさ」

このときに、ボクは「range」が「Range」に自動変換されたことに気付いた。

なるほど。キーワードの大文字、小文字は自動的に変換されるわけか。

言い換えれば、大文字、小文字が自動変換されないときは、スペルを間違えているというわけか。これなら簡単にスペルミスも発見できるな。

「真一。ただし、『"a1:d10"』のように『"』(ダブルクォーテーション)で囲んだ文字列の大文字、小文字は自動変換されないぞ。この場合、『a1:d10』でも動作はするが、読みやすさを考えて、自分で『A1:D10』と入力するんだ。それ以外は、どうせ自動変換されるんだから全部小文字で入力しておけばいい。便利なものさ」

「本当ですね」

「今見せたのが、**自動メンバー表示**という機能だ。『メンバー』は、『キーワード』と同じ意味になる。すなわち、エクセルのマクロにあらかじめ用意されているキーワードが自動的に表示される、ということだ」

「白百合さん、凄いですね」

「アホ。凄いのはVBEだ。お前、前にも同じような突っ込みをされてなかったか?」

「ちょっと、このマクロ、動かさせてください」

17

「ああ、いいぞ」

ボクは、マクロの中にマウスカーソルを置くと、F5キーを押した。そして、Alt+F11キーでエクセルに表示を切り替えた。

見事に、セルA1からD10が選択されていた。

もちろん、マクロ記録でも作れるマクロだが、一から手入力で作ったマクロが動いたのは、それはそれで感慨深いものがあった。


「うーん……」

見ると、白百合が珍しく真剣な顔で考え込んでいる。そして、独り言を始めた。

「ビールを四本ももらったし、ここでもう一つ、教えておくか。どうせ、すぐに覚えなきゃいけないことだし……」

「あの、どうしたんですか、白百合さん」

「ああ。お前に、もう一つ、ＶＢＥの機能を教えるぞ」

「はい。もう白百合さんのお稲荷さんも吹っ切れましたし、あと一つくらい、どうってことありませんよ」

「真二。お前、マクロを作るのに、VBAの知識は必要ないと思っているだろう」

「はい。全力でそう思ってます！　そうだ！　聞いてくださいよ、白百合さん。今日、会社で水岡さんにエクセルの操作をマクロで自動記録してあげたら、そりゃあもう喜ばれちゃって。『ステキ、真二！』。そう言って瞳を潤ませる水岡さんに、『なーに。こんなの朝飯前さ。なんたってVBAなんか必要ないんだからね』『え、VBAも使わずにマクロを……。真二！　私もすぐに自動化して！　あなたの色で！』って、頬を赤らめながら……」

「真二。その小芝居はいつまで続くんだ」

白百合は五本目を開けると、呆れた顔で言葉をつなげた。

「確かに、エクセルの操作ならマクロ記録で十分だが、たとえば、エクセルに『お疲れ様でした』ってメッセージボックスを表示する機能はあるか？」

「それはありませんよ」

「ってことは、そのようなメッセージボックスを表示するマクロをマクロ記録で作ることはできないってことだよな」

「確かに、そうなりますけど、それって、上級者が作るマクロじゃないんですか？」

「いやいや。それが、笑いが止まらなくて腸ねん転を起こして苦痛でもだえるほど簡単なんだ」

「楽しいのか、苦しいのか、どっちなんですか！」

「まあまあ。さっそく、やってみよう。今度は、真二が自分でやるんだ」

「はいはい」

ボクはまず、Module2に「Sub テスト2」と書いて Enter キーを押し、「テスト2」という名前のマクロの入れ物を作った。

「そうしたら、まず、『msg』と入力するんだ。あ、Enter キーは押しちゃダメだぞ。よし。じゃあそこで、Ctrl キー＋スペース キーを押すんだ（図8）」

図8

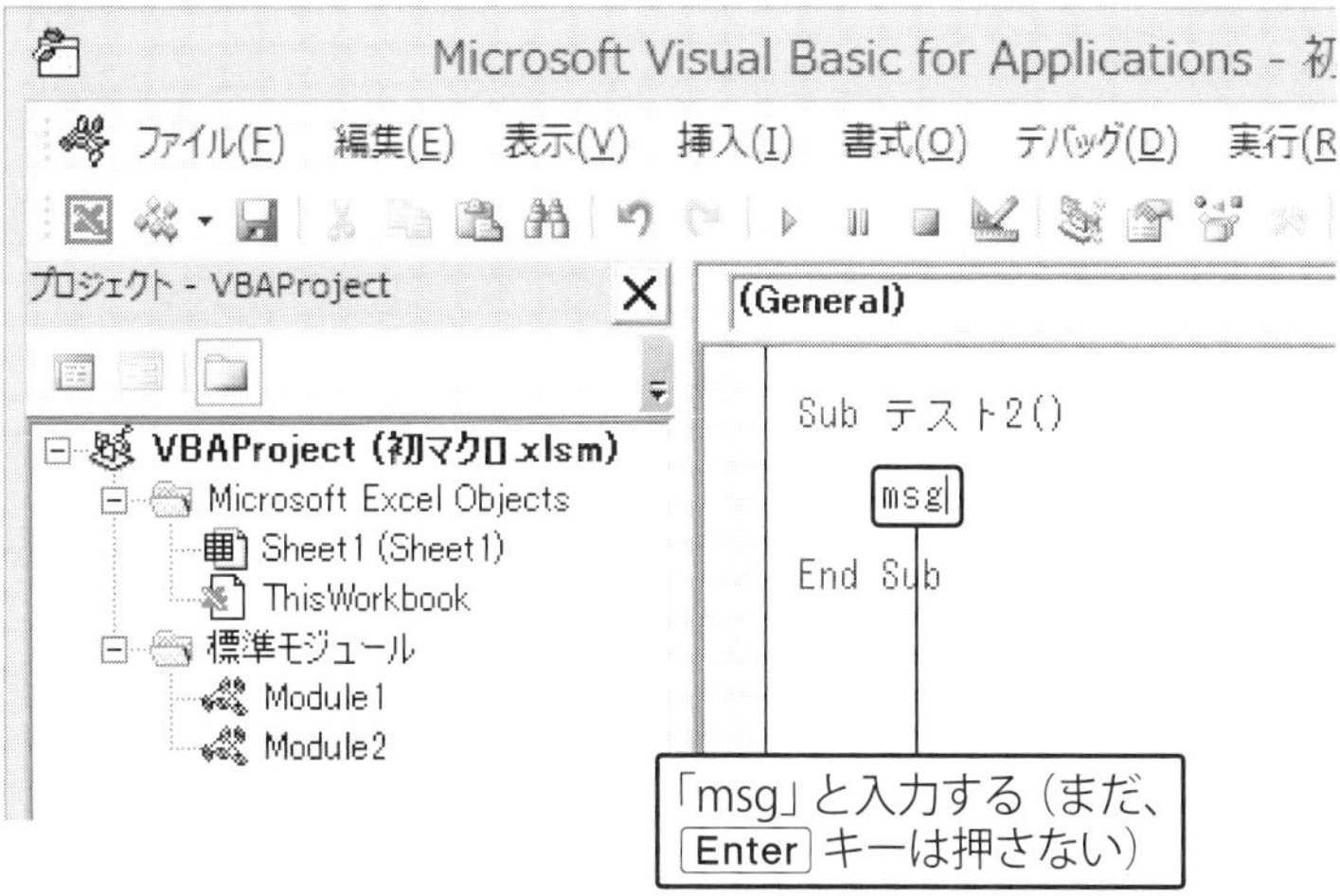

すると、瞬時にしてＭｓｇＢｏｘ《メッセージボックス》と表示された。これには少々驚いたが、それよりもボクが気になったのは、ＭｓｇＢｏｘというキーワードだ。

ボクの疑問に白百合が回答した。

「それがメッセージボックスを表示するためのキーワードだ」

「でも、どうやって？」

「それをこれから説明する」

そして、白百合のアドバイスを受けながら、半角のスペースを空けて、表示したい文章を「"　"」で囲んで、ステートメントを完成させた（図9）。

「おいおい。なんだ、そのメッセージは」

白百合が頭を抱えて脱力した。

「いえ。今日の会社での水岡さんとの熱い

図9

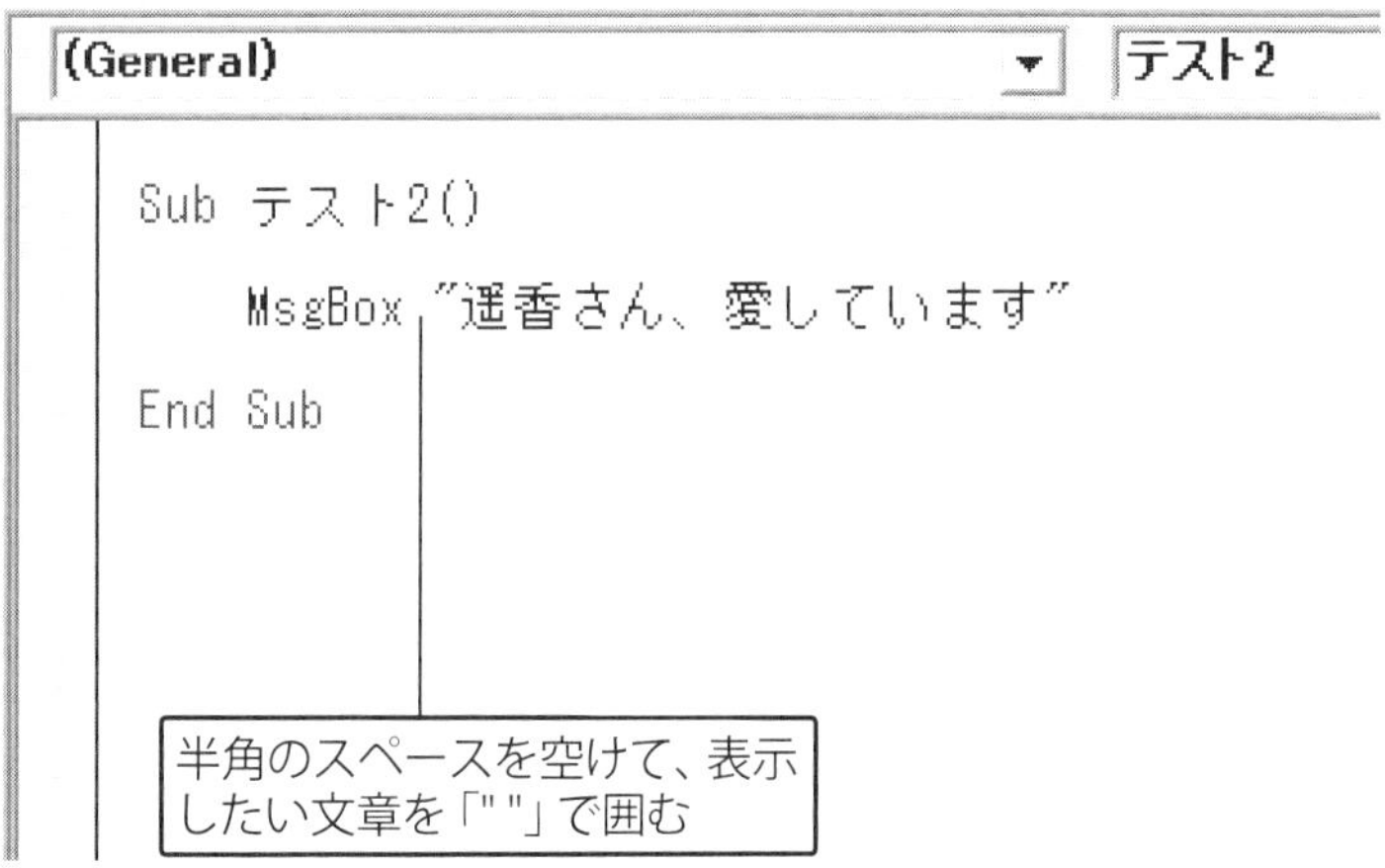
(General)
テスト2
Sub テスト2()
MsgBox "遥香さん、愛しています"
End Sub
半角のスペースを空けて、表示したい文章を「" "」で囲む

ひとときを思い出していたら、無意識にこのメッセージになってしまいました」

「まあいい。それより、今実践したのが**入力候補**という機能だ。VBEでは、ある程度文字を入力して、Ctrlキー＋スペースキーを押せば、キーワードの候補を表示してくれるんだ。たとえば、『r』と入力して、Ctrlキー＋スペースキーを押せば、リストボックスが表示されて、上から二番目にRangeが見つかるぞ（図10）」

「あ！　ホントだ！」

「ハハハ。驚いたか」

「まあ、軽くですが」

「入力候補を覚えると、作業効率はぐんとアップするぞ。特に、MsgBoxやRangeはよく使うから、入力候補を知ってい

図10

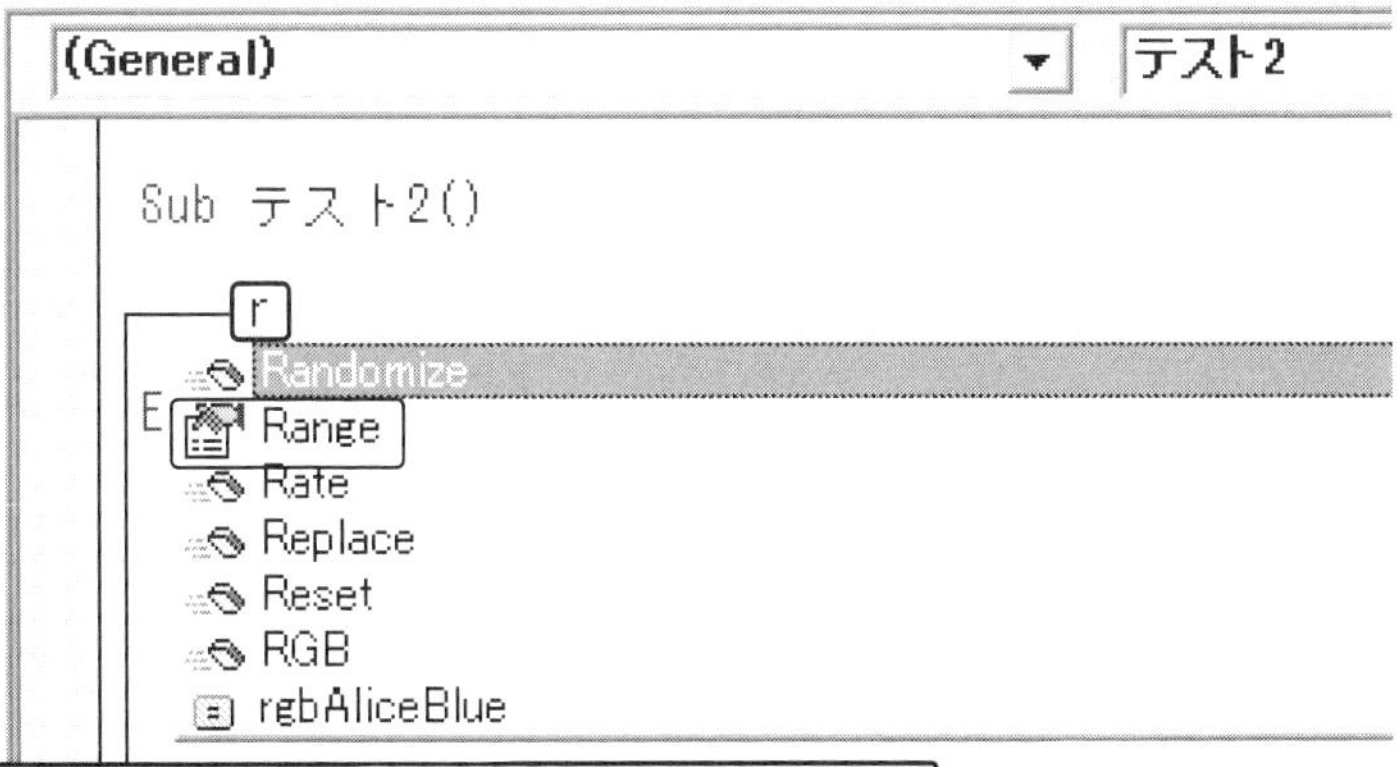

「r」と入力して Ctrl ＋ Space キーを押すと、入力候補の2番目に「Range」がある

るのと知らないのとでは大違いだ」

「じゃあ、ボクはとても大切なテクニックをマスターしたわけですね」

「それよりも、もっと大切なことをお前には教えたつもりだ。ビール二十本分の価値があることをな」

「なんですか？」

「お前、オレが言うままに、このようにステートメントを書いたよな（図11）」

白百合は、まるで反応を確かめるようにボクの顔を見つめている。

「このように、ＭｓｇＢｏｘは、表示したい文字列を『"』(ダブルクォーテーション)で囲むんだが、これを次のようにさらに『()』で囲んでしまう人がいる（図12）」

「これは、間違いなんですか？」

図11

```
MsgBox "遥香さん、愛しています"
```

図12

```
MsgBox ("遥香さん、愛しています")
```

「ああ、大間違いだ」

「じゃあ、『()』で囲んだらマクロが動かないんじゃ？」

「それが動いちゃうんだよ。だからこそ、間違いに気付かない。それが恐ろしいところさ」

「…………」

「なぜ間違えているかは、今のお前に説明してもわからない。だけど、これは絶対にやってはいけないミスだ。言うなれば、サイドブレーキを引いたままアクセルを踏み込んで、車が動いているからいい、と言ってるようなものだ。そんな運転をしたら、いつか必ず車は壊れる」

「はあ」

「同様に、こんな間違いを知らずにいたら、お前が中級者、上級者になる過程で、必ずつまづくことになる。少なくとも今のお前は、文字列を絶対に『()』で囲んではいけない。『()』で囲む必要が生じたら、そのときはオレがきちんとその理由を説明してやる」

白百合の真剣な眼差しを見ながら、ボクはふと思った。

世の中には許される嘘と許されない嘘がある。たとえば、負の数を学び始めた中学一年生に、「マイナスとマイナスを掛けるとプラスになります」というのは「許される嘘」だろう。中学一年生には虚数《きょすう》などわからないのだから、たとえ嘘でも一度はそう覚えておく必要がある。

　たぶん白百合は、今後のＶＢＡの勉強の過程で「許される嘘」はつく。しかし、「許されない嘘」だけは絶対につかないという決意を表明したいに違いない。確かに、杓《しゃく》子定規《しじょうぎ》にＶＢＡの話をされたら、正直、ボクには理解する自信がない。

　このときボクは、白百合との初対面のときのことを思い出していた。

　白百合は、自分のことをこう言った。

「神様」だと。

　ふと、「Ｅｘｃｅｌ　ＶＢＡの神様」という単語が頭に浮かんだが、ボクはかぶりを振ってその単語を追い払った。

図13

Microsoft Excel
遥香さん、愛しています
OK

凄いのか、凄くないのか。演技なのか、本気なのか。よくわからない人だが、一つ言えることはこの人は「神様」なんかじゃない。

ホームレスが言った。

「よし。じゃあ、その『テスト2』マクロを実行してみろ」

その合図で、ボクは F5 キーを押した。

はじめて、マクロ記録ではなく、手作業で作ったマクロが踊った(図13)。

第5章
真二、オブジェクトとメソッドが使えるようになる

18

翌日、ボクは水岡遥香を背後に感じながら仕事をしていた。

といっても、彼女はボクに用事があったわけではない。ボクの後ろにある資料棚で探し物をしていたのだ。

ボクは、咄嗟に「いたずら」を思い付き、すぐさま実行に移した。ＶＢＥを開き、簡単なマクロを作って、それを「フォームコントロール」のボタンに登録した。

そして、水岡に言った。

「水岡さん。ちょっと、このボタンをクリックしてみて」

「え？　ええ」

水岡は怪訝な表情のままマウスを握ると、ボタンをクリックした。

「えー、なにこれー！　面白いー！　それより、江藤君、すごーい！（図１）」

期待以上の水岡の反応に、ボクは妙な照れくささを感じた。

そして、つい誇張、いや、虚勢を張ってしまった。

「いや、こんなのＭｓｇＢｏｘを使えば簡単なものさ。もっとも、こんなメッセージを表示できるのはＶＢＡを熟知した人だけだけどね」

「ＶＢＡ？」

「あ。マクロを記述するためのプログラミング言語のこと」

「なにか、難しそうね」

「いや、英語がわかってれば簡単だよ」

「へえー。江藤君、英語も得意なんだ」

「言うほどじゃないよ。ただ、考えてみるとニュースはＣＮＮしか見ないなー」

「すごい！　江藤君、どんどん上達しているんだね」

「いや、それほどでも。それに、まだ道なかばだよ」

ボクは頭をかきながら、道なかばどころか、まだＶＢＡをなにも理解していないし、ＣＮＮのニュースなんか一度も見たことがないじゃないか、と心の中で自分に突っ込みを入れていた。

「頑張ってね、江藤君！」

「う、うん。ありがとう」

図1

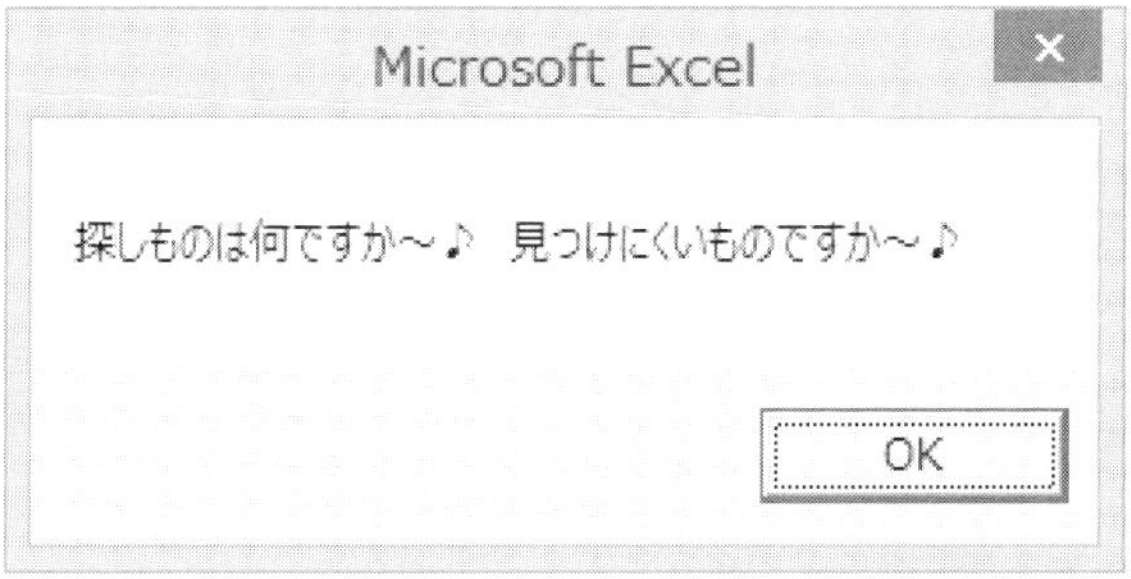

Microsoft Excel
探しものは何ですか～♪　見つけにくいものですか～♪
OK

19

「白百合さん。今夜はご馳走ですよ」

そう言ってボクがレジ袋を差し出すと、白百合は興味深そうに中を覗いた。

「おお！　ざるそばじゃないか！　これがまたビールと合うんだよな。真一。お前、会社ではお荷物サラリーマン。おまけにマクロとマグロの区別もつかない素人プログラマーだが、人間としてほんのちょっぴり成長したようだな」

「それは、けなしてるんですか。それとも誉めてるんですか」

「も、もちろん、ほ、ほ、誉めてるよ」

「噛んでますよ、白百合さん」

「よーし。今日は、このざるそばに敬意を表して、いよいよお前もＶＢＡデビューだ！」

白百合がそう言って両手を広げると、常夜灯に照らされた草むらから一際大きな虫の声が聞こえた。白百合が虫の合唱団を率いているようであった。

指揮者が言った。

「もちろん、マクロの基本はマクロ記録だ。この定石《じょうせき》は変わらない。むしろ、上級者ほど

20

上手にマクロ記録を使いこなしているくらいだ。しかし、はじめて会った夜に説明したとおり、マクロを記述するためのプログラミング言語はＶＢＡだ」

「はい」

「ところが、今のお前は、言うなれば、トラベル英会話を二十個ほど暗記して、とりあえず店で英語で買い物はできるが、実際には英語はまったく話せないというレベルだ。トラベル英会話だけでは一生英語は話せない。やはり、文法は避けては通れない。それはＶＢＡも同じさ」

「ということは、いよいよＶＢＡの文法ですか。なんか、一気に萎《な》えました」

「大丈夫！　オレの授業は面白いぞ。面白すぎて、あごが外れて白目をむくぞ」

「だから、楽しいのか辛いのかどっちなんですか！」

「いいか、真二。ＶＢＡの基本中の基本は**オブジェクト**だ」

「オブジェクト？」

「ああ。じゃあ、わかりやすく説明するか。真二。とりあえず、お前をオブジェクトとしよう」

「え？　ボクがオブジェクト？　意味がわかりません」

「ハハハ。身の周りにあるものすべてがオブジェクトだと思ってくれていい。この缶ビールやざるそばもオブジェクトだ。さて、真二、お前には『顔』があるな」

「それはもちろん」

すると、白百合は前回も使った木の枝で地面になにやら書き始めた（図２）。

「どうだ。上が日本語。そして、それをＶＢＡ風に書くと下のようになるんだ。まあ、助詞の『の』の代わりに『．』（ドット）を使うだけ。これならなにも難しいことはないだろう？」

　確かに、これとＶＢＡがどう関係あるのかはよくわからないが、この話自体はさして難しいことはない。

すると、再び白百合が地面になにかを書いた（図３）。

図2

図3

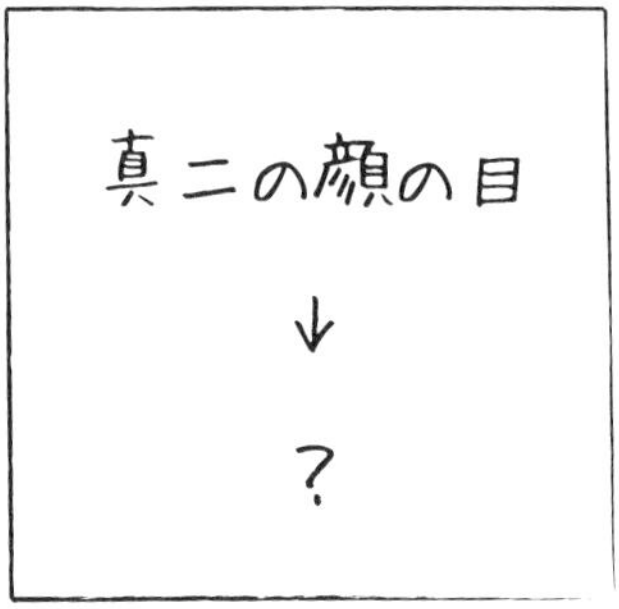

「じゃあ、これをVBA風に書いてみろ」

こんな簡単な質問にどんな意味があるのか。とりあえずボクは、次のように地面に書いた（図4）。

「よし、正解だ。このように、オブジェクトには親子関係があるのさ。『顔』というのは、『真二』に備わっているものだろう。だから、顔は真二の子オブジェクト、逆に、真二は顔の親オブジェクトというわけさ」

「ふーん。ということは、『目』は『顔』に備わっているから、目は顔の子オブジェクト、逆に、顔は目の親オブジェクトというわけですね」

「そういうこと。どうだ。少し不思議に思わないか？」

「不思議、ってなにがです？」

「VBAって当然だけど、英語で記述するよな。だけど、これをよく見てみろ。単語の並びは、英語よりも日本語に近いだろ？　日本語の文法どおりに単語を助詞の『の』の代わりに『.』で区切っていけば、それがV

図4

BAになってしまうのさ」

なるほど。VBAはアメリカ人が考案しているにもかかわらず、その文法は英語よりも日本語に近いのか。そう思ったら、なにか少し親近感が湧いてきた。

そんなことを考えていたボクに、地面になにかを書いて、白百合が再び問いかけてきた（図5）。

「じゃあ、この意味がわかるか？」

「真二」の「顔」の「目」が「閉じる」。

最後の「閉じる」はなんだ？　これもオブジェクトなのか？

いや、これは「モノ」というよりも「動作」「動詞」だ。

ひょっとすると、ボクが目を閉じる動作をVBAで表すとこうなるのか？

ボクは、その疑問をそのまま白百合にぶつけてみた。

「そうそう。正解。オブジェクトっていうのは、役割を持っているのさ。まあ、動作とか操作と言い換えてもいいが、たとえば、目だったら、閉じたり、開いたり、涙を

図5

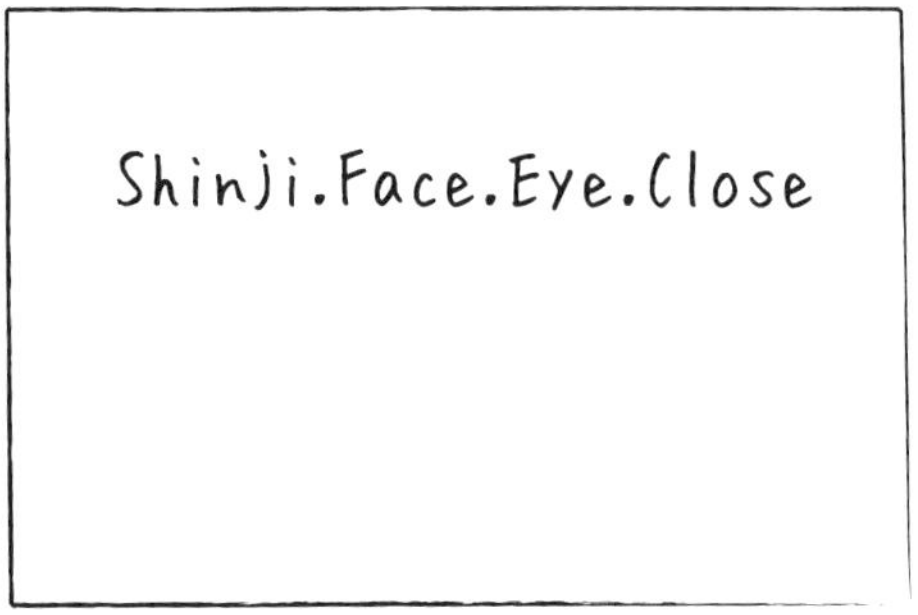

流したりするよな。その動作や動詞に相当する部分を**メソッド**って言うんだ。そして、オブジェクトはこのメソッドを持っているのさ」

なるほど。白百合の説明は非常に明快だ。染み入るようによくわかる。

要するに、名詞（オブジェクト）を「の」の代わりに「.」でつなぎながら、最後に動詞で締めくくって文章を完結する。その文章が「ステートメント」で、ステートメントが集まれば「マクロ」になるわけか。

ＶＢＡの文法に直せば、こういうことだよな（図6）。

新しいことを覚えた感動と、白百合のたとえ話に対する感服に包まれながら彼に目線を送ると、彼はざるそばを口に運んでいた。

その様子を見て思わずステートメントが浮かんでしまうほど、ボクの頭の中は「オブジェクト」と「メソッド」で占有されていた。

図6

ボクは、白百合の木の枝を拝借して、地面に書いて言った（図7）。

「さしずめ、今の白百合さんの行動をステートメントにすると、こうなりますよね」

ところが、その返答は思いがけないものであった。

「いや。これは、間違っているぞ、真二」

「え！　間違いなんですか？」

「ああ。さっき言っただろう。メソッドは動詞だ、って。じゃあ聞くが、Ｓｏｂａ《そば》のどこが動詞なんだ」

「確かに、Ｓｏｂａは動詞じゃない。これは……、動作の対象物ですね」

白百合は、そばを頬張りながら続けた。

「そのとおり。じゃあ、『走る』という動作を考えてみよう。『私は公園の隣まで走る』。この動詞には『公園の隣』という対象物がくっついているな。もしくは、『私は、速く走る』。この動詞には『速く』という副詞がくっついて

図7

Shirayuri.Face.Mouth.Eat.Soba

いる」

「なるほど。動詞には『対象物』とか、『どのように』という補足情報が必要なケースがありますね」

「ああ。そして、その補足情報を引数《ひきすう》というんだ。さっき真二が書いたステートメントの場合、Ｓｏｂａはメソッドではなく引数だ。この場合には、このようなステートメントになるんだよ（図８）」

白百合は、滑らかに木の枝を動かし、そして続けた。

「さらにＶＢＡの文法的に言うと、こういうことだ（図９）。大切なことは、メソッドと引数の間には『半角のスペース』を空けることだ」

「なるほどー。じゃあ、たとえ話だけじゃなくて、エクセルを例に具体的に説明してもらえませんか?」

「そうだな。よし。試しに、ワークシートを移動する操作をマクロ記録して、そのステートメントを見てみるんだ」

そこで、ボクは白百合の指示どおり、ワークシートを

図8

Shirayuri.Face.Mouth.Eat Food:=Soba

図9

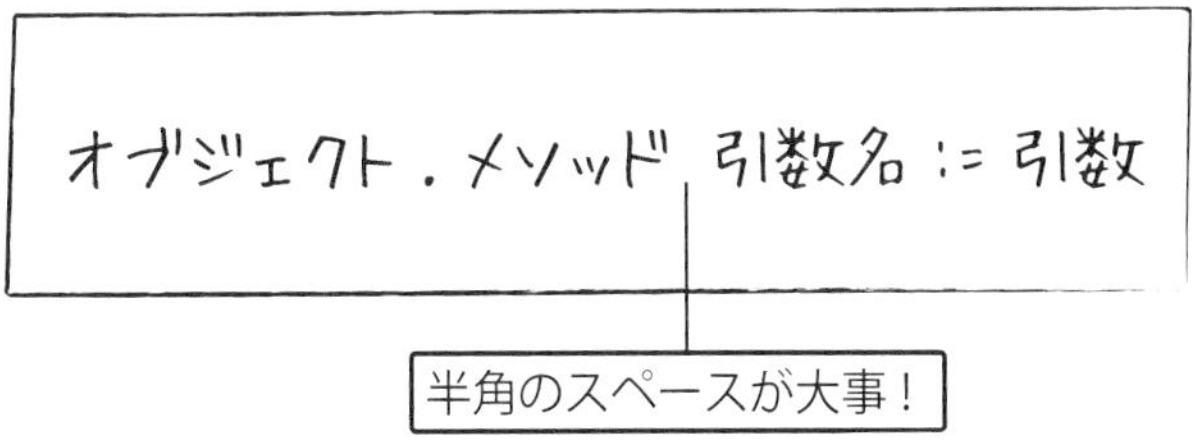
オブジェクト.メソッド 引数名:=引数
半角のスペースが大事！

移動する操作をマクロ記録してみた。

さらに、完成したマクロからコメント行を削除し、わかりやすいマクロ名に変えた（図10）。

これがＳｈｅｅｔ１というワークシートを三枚目のワークシートの後ろに移動したときに、マクロ記録によって自動生成されたステートメントだ。

「マクロ記録は、このようにＳｈｅｅｔオブジェクトで記録する。ただし、これは、『ワークシート』というオブジェクトだから、Ｗｏｒｋｓｈｅｅｔオブジェクトを使うことをオレは推奨するよ」

「え？　Ｓｈｅｅｔオブジェクトってワークシートのことじゃないんですか？」

「まあ、大抵はそうだが、Ｓｈｅｅｔオブジェクトの場合、グラフシートも含んでしまうんだ。だから……」

「だから？」

「ワークシートということを明白にするためには、やは

図10

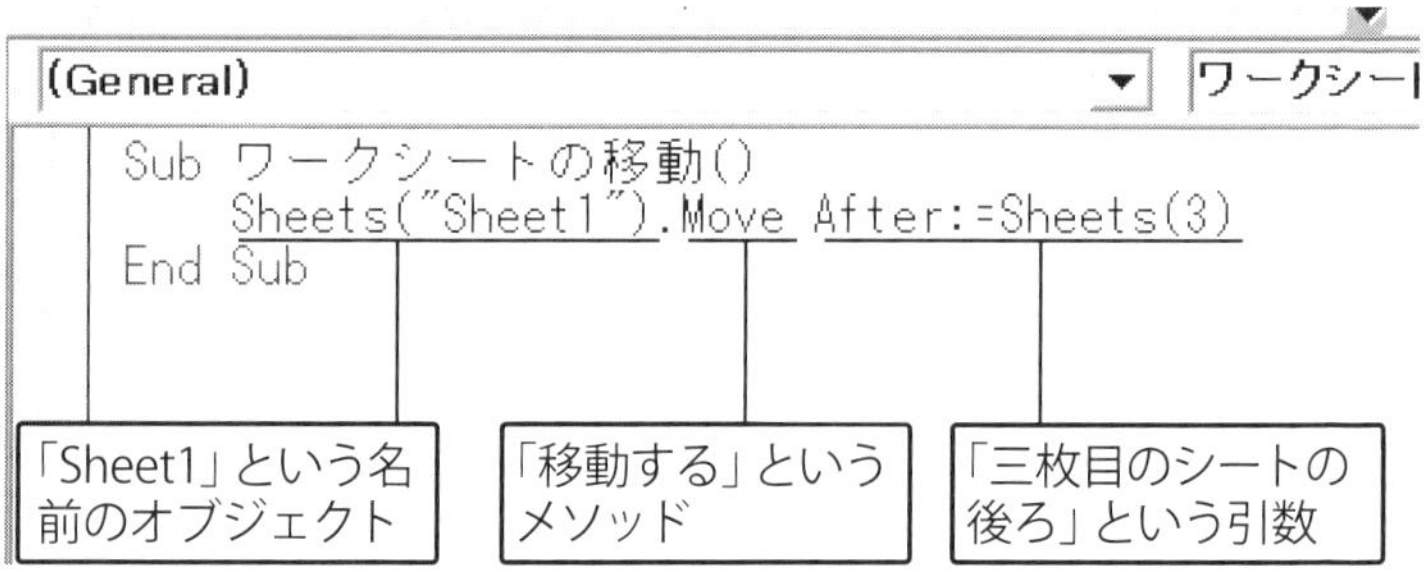

(General)
ワークシート
Sub ワークシートの移動()
Sheets("Sheet1").Move After:=Sheets(3)
End Sub
「Sheet1」という名前のオブジェクト
「移動する」というメソッド
「三枚目のシートの後ろ」という引数

りＷｏｒｋｓｈｅｅｔオブジェクトを使うべきだ」

「どんな風に？」

「たとえば、『Ｓｈｅｅｔ１というワークシートを、三枚目のワークシートの前にコピーする』という場合には、マクロはこうなる（図11）」

白百合は、今度はノートパソコンに向かって指を動かしてから言った。

「どうだ？　予想以上に簡単だろ？」

「はい」

「これで真二は、オブジェクトとメソッドを理解したというわけさ」

「はあー。なんか、夢でも見ているような不思議な感覚ですね」

「はじめて体験するときにはそんな気分になるものさ。いずれにしてもドアは開いたぞ」

「ついにボクもＶＢＡの世界に足を踏み入れたわけですね」

図11

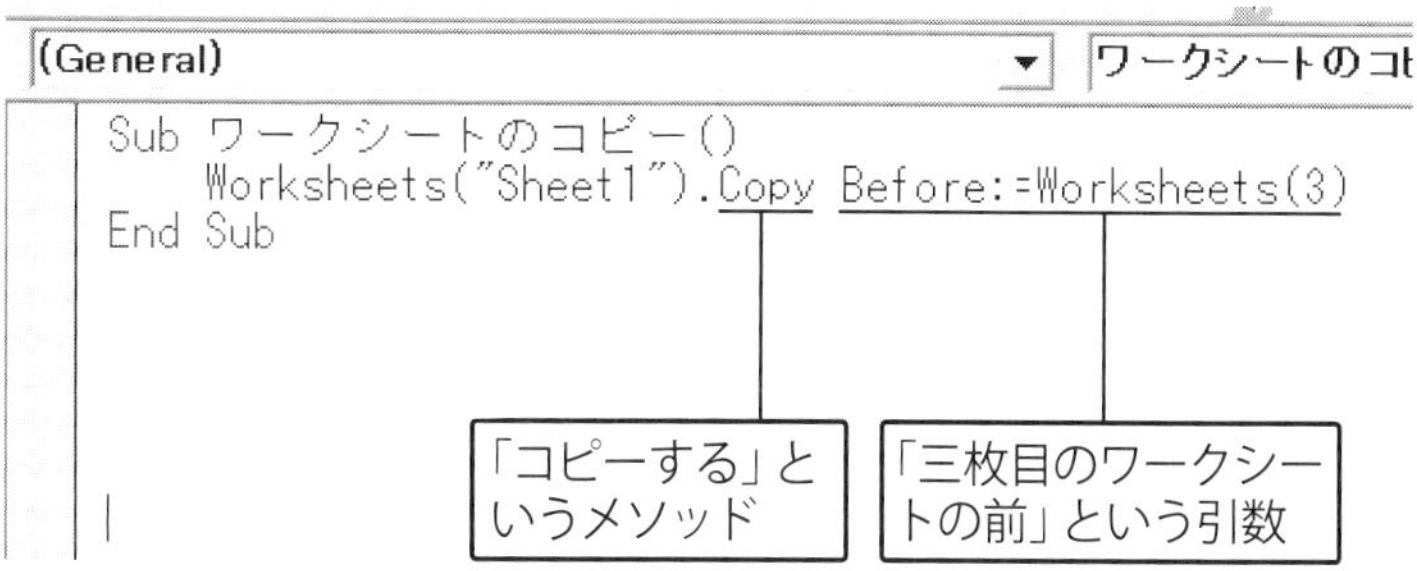
(General)
ワークシートのコ
Sub ワークシートのコピー()
Worksheets("Sheet1").Copy Before:=Worksheets(3)
End Sub
「コピーする」というメソッド
「三枚目のワークシートの前」という引数

21

白百合がざるそばの最後の一切れを口に放り込むと言った。

「実は、ＶＢＡの基本構文は三つしかないんだ。あとは、その『基本』に準じて応用したり、『基本』から外れるものはその都度、勉強しないとならないがな」

「え？　たったの三つですか？　じゃあ、ボクは今、**メソッドの使い方**を覚えたので、あと二つということですね。なんか、ちょっと呆気《あっけ》ないですね」

「そのとおり。学習手順さえ間違わなければ、ＶＢＡは呆気ないよ。もっとも、学習手順が悪いと待っているのは挫折《ざせつ》だがな」

「じゃあ、その正しい学習手順であと二つを教えてください」

すると、白百合がボクに手のひらをかざしながら言った。

「まあ、そう先を急ぐな。その前に、なぜＶＢＡを学習しなければならないかを頭に叩き込んでおいたほうがいい」

「確かに、エクセルにはマクロの記録機能がありますもんね。それに、白百合さんも、上級者ほど上手にマクロ記録を使いこなしている、って言ってました」

「そうだな。だけど、**マクロ記録は万能じゃない**。当たり前だが、昨日教えたＭｓｇＢｏｘのように、**エクセルのマウス操作ではできないこともある**。これは明白に、ＶＢＡを学習しなければならない理由の一つだ」

「ええ」

「それよりも、マクロ記録の限界を一番感じるのは、**マクロ記録で自動的に生成されるマクロって、非常に無駄が多いんだ**。これが、ＶＢＡを勉強しなければならない二つ目の理由だ」

「どういうことですか？」

「それを今から解説するよ。じゃあ、お前がはじめてマクロ記録した記念のマクロをちょっと表示してみろ」

「はい」

ボクは、「初マクロ．ｘｌｓｍ」を開いた（図12）。

「これだがな、エクセルでは選択していないセルに文字は入力できないが、ＶＢＡならそれができちゃうんだ」

図12

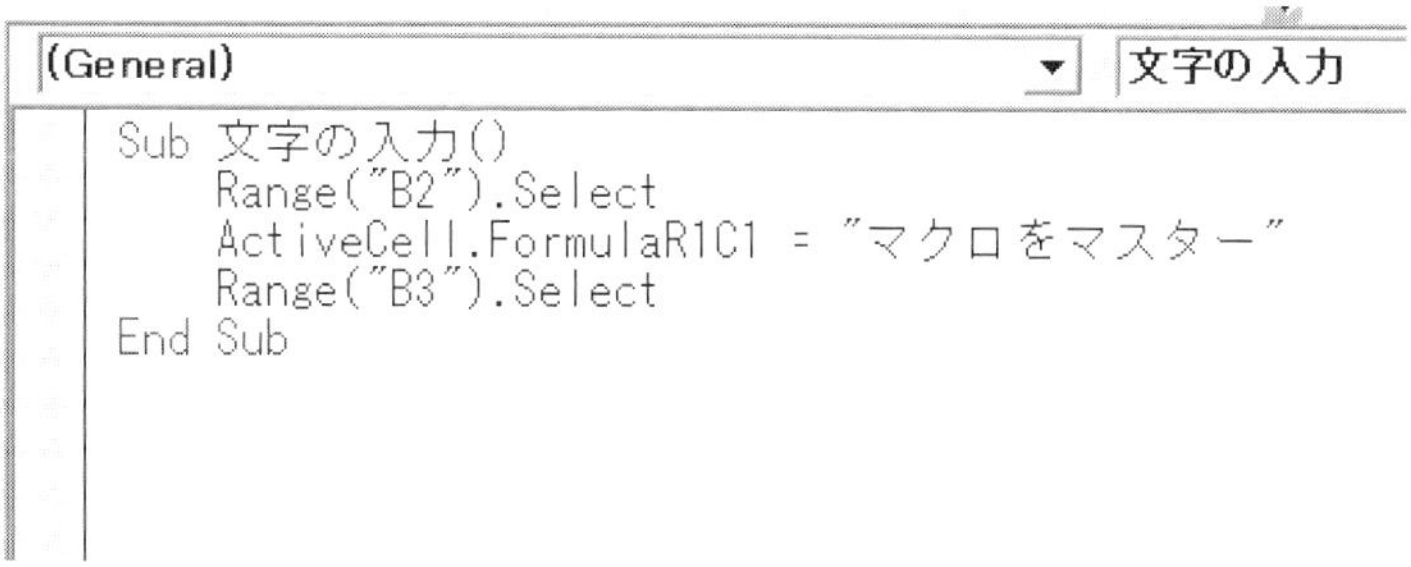
(General)
文字の入力
Sub 文字の入力()
Range("B2").Select
ActiveCell.FormulaR1C1 = "マクロをマスター"
Range("B3").Select
End Sub

「え？」

「まず、四行目の『Range("B3").Select』はいらない。これは、セルB2に文字を入力したあとにEnterキーを押したら、選択しているセルが自動的に下に移動してセルB3が選択されてしまったものだ。これは不要なステートメントであることは一目瞭然だな？」

「はい」

「それよりも、問題は二行目のステートメントなんだ。実は、ＶＢＡでセルに値を入力する場合、最初にセルを選択する手順はまったく必要はないんだ」

〈セルを選択せずに値を入力？　まさか。そんなことができるはずがない〉

「ちょっと話が脱線するが、ＶＢＡでセルに値を入力するときにはＶａｌｕｅ《バリュー》プロパティを使うんだ。ＦｏｒｍｕｌａＲ１Ｃ１プロパティは数式を入力するときに使うもので、これはマクロ記録の限界というよりも、マクロ記録のミスといったところだな」

「え？　プロパティ？」

「ああ。それは今度教える。今は考えるな」

また、「今度教える」か。

どうしても白百合のこのセリフ、そしてレッスンの進め方にはストレスを抱くが、反論しても無駄なこともわかっている。

胸の中のモヤモヤは気持ちのいいものではないが、今はプロパティのことを考えるのはやめておこう。

「そして、以上のことをまとめると、お前のマクロは次のように一行で書けるんだよ（図13）」

「え！　これだけ！　ちょっと待ってください。このマクロ、実行させてください」

言って、ボクはマクロを実行した。きちんと、セルB2には「マクロをマスター」と入力された。

「どうだ？　中級者になると、セルを選択するSelectメソッドなんてほとんど使わずにマクロを作るんだ。だから、お前がはじめてマクロ記録で作ったマクロは初心者のマクロ。そして、今お前が見ているマクロが、VBAを理解している人間が作ったマクロだ。その差は

図13

```
Sub 文字の入力()
    Range("B2").Value = "マクロをマスター"
End Sub
```

歴然だろう?」

ボクは二の句が継げなかった。

確かに、マクロ記録には限界がある。そして、なによりVBAは凄い。さして難しくないのに、普通のエクセルではできないことができてしまう。

ボクの胸の中に、なにか正体のわからない、しかし熱いものがこみ上げてきた。

そんなボクを鼓舞するかのように、ホームレスの手首のベンチュラが常夜灯の明かりを反射した。

第6章 真二、プロパティを覚えてドヤ顔になる

その日の朝礼では、部長の黒原徹の様子がいつもと違った。

黒原の代名詞ともいうべき仏頂面《ぶっちょうづら》は影をひそめ、咲き誇るひまわりのような笑顔を振りまいていた。

しかし、黒原ほど笑顔が似合わない人物はそうはいない。見ているだけで毛虫が這うような嫌悪感を抱く。これなら、いつもの黒原のほうが数百倍マシである。

それよりも、黒原のこの上機嫌の原因はなんだ？　どうせ、会社の売り上げのことしか頭にない人間だ。会社の業績が芳しかったのだろう。となると、売り上げに貢献できていないボクが彼の笑顔とはまったく無縁であることは想像に難くない。

そのとき、一瞬、黒原と目が合った。黒原は、案の定、苦虫《にがむし》を噛み潰したような表情を見せた。その反応で、やはりボクは無関係であることが証明された。

黒原はボクから目をそらすと、再び満面の笑顔を作って二人の名前を呼んだ。

「唐沢勉君。水岡遥香さん」

二人は互いに視線を交わすと、揃って前に出て黒原を挟むように横に並んだ。

「今日は、みんなに嬉しい報告が二つある」

黒原はそう言うと、左にいる唐沢の手を取って上に挙げながら続けた。

「ついに唐沢君が新規契約に漕ぎつけた。一社目だが、営業部に来てまだ四ヵ月であることを鑑《かんが》みると立派な成績だ」

部員の手からは大きな拍手が発せられ、唐沢は得意満面な顔でその様子を見渡している。

「そして……」

黒原は、今度は右にいる水岡の手を取った。

「なんと、水岡さんは三社目の契約を成立させた」

その瞬間、部内にはどよめきが起きた。みな、拍手をすることも忘れて目を見開いて驚いている。

「ほら、みんな。拍手はどうした」

黒原の言葉で我を取り戻した部員からは一際大きな拍手と歓声が上がった。

唐沢の右腕、黒原の両腕、水岡の左腕。天を突く四本の腕は、「W」というよりも「V」が上下逆さに二つ並んでいるように見えた。まさしく文句なしのＶｉｃｔｏｒｙ、大勝利だ。

「二人ともたいしたもんだ。きみたちを見てるとつくづく思うよ。仕事ができる、できないは、やっぱり学歴なんだなと。唐沢君と水岡さんは、慶智大学時代からの仲間なんだよな？」

唐沢が「はい」と答える。

「慶智大学は本当に優秀だな。って、あ、私の母校も慶智大学だった。いや、失敬失敬」

〈出やがった。黒原のオヤジギャグ。みんなが笑ってるのは、面白いからじゃないぞ。愛想笑い、いや、失笑だよ。それに悪かったな。ボクは中途半端に名の知られた二流大学だよ〉

黒原は、腕をおろし、二人の手首を放すと続けた。

「私は、きみたちには本当に期待しているんだ。唐沢君と水岡さんなら、どちらかがサンシャイン・フーズとの契約をものにできるんじゃないかとさえ思っている」

「サンシャイン・フーズですか。難攻不落とも言われる超大手の外食チェーン……」

唐沢が、心なしか消え入るような声を発した。

「実は、私も何度か接触を試みたんですが、先方にお会いすることもできませんでした」

そう言う水岡の声にも覇気《はき》が感じられなかった。

「まあ、そう悲観せずに、めでたい日なんだから二人とも笑顔を見せなさい。確かに我が社では、課長の佐々木《ささき》みなみさんが一度先方の担当者と名刺交換をしているが、まだまともな面談すらできていないのが現実だ。だが、慶智大学出身のきみたちなら十分にチャンスはあるぞ。ヒャッハッハ」

黒原の高笑いに唐沢と水岡は笑顔を見せたが、それが本物か作り物かはボクには判別できなかった。ただ一つ確信していたことは、唐沢の言うとおり、サンシャイン・フーズはまさしく難攻不落。成約に漕ぎつけるのは不可能だろうということだ。

その後、ボクたちは十五分以上も、黒原の唐沢と水岡への賛辞と母校自慢に付き合わされたが、やっと苦痛の時間が終わり、席についたボクの目にさらなる衝撃的な光景が飛び込んできた。

水岡の横に立った唐沢が、親しげに彼女の肩に手を置いて言った。

「なあ、遥香。今夜、食事でもどうだい?」

「え?」

「ほら。二人の成約祝いだよ。実は、ゆうべのうちに予約を入れてあるんだ」

「どこに?」

「ハイアット・リージェンシーのミッシェル・トロワグロだよ」

「それって、大学時代に勉君と行ったことのある高級フレンチ……」

「そう。二人の思い出の店。いいよな？」

水岡は小さくうなづいた。

「よし！　今日は金曜日だし、朝までお祝いだ！　今からカクテルバーにも予約を入れておくよ」

水岡は、頬を赤らめて下を向いたままだ。だが、一瞬、視線を上げた。当然だが、その先にはボクの顔がある。すると、すぐさま水岡は視線をそらした。

ボクが水岡の横を見ると、唐沢が勝ち誇った顔でボクを見下ろしていた。片頬だけで笑いながら……。彼のメガネが光って見えたのは、決して気のせいではないだろう。

23

「あの、白百合さん。今日、来るには来ましたが、やっぱり帰っていいですか？」

白百合は無言でざるそばを頬張っている。上を見上げると、今日は月が雲に隠れていた。

まるで、ボクの心の中を映写したような暗い夜空であった。それに、昨日は心地よかった虫の音も、今日は騒音にしか聞こえない。

ボクは、プラスチックの蓋を開けたまま、ざるそばには手を付けずにいた。ビールも進まなかった。

それも当然だ。今ごろ唐沢は、水岡とハイアット・リージェンシーの高級レストランでワインとフレンチ料理の真っ最中だ。こんな状況で落ち込まないほうがどうかしている。

そのとき、白百合の声がした。

「悪かったな。西新宿のさびれた公園で『こんな薄汚い』ホームレスとコンビニで買ったざるそばと缶ビールで」

「え？　なにを言い出すんですか？」

ボクは慌てた。

「なにを言い出すって、お前がさっきからずっと独り言でそう言ってたじゃないか」

〈うわ。またやっちまった。考えごとが勝手に口を突いて出てくる。ボクの悪い癖だ〉

「ハイアット・リージェンシーか。あのホテルだな」

白百合は公園の木立の後ろに見える高層ホテルを指さした。

「そして、食事はミッシェル・トロワグロで、間髪入れずにカクテルバーを手配か。ひょっとして二人は今夜……。ムフフ」

ボクは愛想笑いすらする気になれなかった。

「すまん。今のはオレが悪い。ちょっと無神経だった。でも、唐沢の奴も隅に置けないな。おい、真二。相手にとって不足はないじゃないか」

「いや。ボクのほうが不足してますから」

「不足？　そうか。それはお前、幸せだな」

「なんですか。まだボクの神経を逆撫《さかな》でする気ですか！」

「違うよ。人間、満足したらそこでおしまいだろう？　**不足ってことは、言い換えれば、まだお前の前には進むべき道が伸びてるってことだ。そして、その道を一歩一歩歩んでいくのが人生なんじゃないか**」

「目の前の道を一歩一歩……」

「まだお前には実感しろというのが無理な話だが、ＶＢＡは人生の縮図なんだ」

「それは大袈裟《おおげさ》なんじゃ……」

しかし、白百合はボクに構わずに続けた。

「たとえば、お前がＶＢＡで一行のステートメントを書いたとする。それは当然、お前の血肉となり、お前は他人より一歩前に進む。百行書けば百歩。そして、一万歩、歩いてみろ。もはや、誰もお前の背中など見えない。みんなが、自力でＶＢＡを勉強するよりもお前に頼るほうがラクだと考える。頼られたお前は、さらに前に進む。気付いたら、もはや逆転不能な差がついている」

「………」

「どうだ。ＶＢＡも人生も同じだと思わないか？」

「正直、まだピンと来ません。だけど、ボクは置いてきぼりを喰らう側の人間にはなりたくない。人に頼られる人間になりたい。もっともっとＶＢＡを勉強したい！」

白百合は満足そうな笑みを浮かべた。

「じゃあ、今夜はプロパティについて教えよう。それでＶＢＡの基本構文は最後だ」

24

昨日、白百合は、ＶＢＡでセルに値を入力するときには「Ｖａｌｕｅプロパティを使う」と言っていた。

そのとき、「プロパティ」というのがとても気になった。

「まず、オブジェクトについてはもう大丈夫だな？」

「はい」

「**プロパティ**というのは、そのオブジェクトの『特徴』とか『データ』のことだ。昨日は、オブジェクトをお前の目にたとえて説明したな」

昨日は、「真二の顔の目」というたとえでオブジェクトを説明された。

「そのオブジェクトは『色』というデータを持っている。すなわち、『黒』というデータを持っているわけだ」

「そうですね」

「そして、後日教えるが、ＶＢＡには『変数《へんすう》』というものがある」

「変数？　なんですか、それ？」

「今は正確に理解する必要はない。ただ……」

そこで言葉を区切ると、白百合はビールを飲みながら束の間黙考した。そして、再び口を開いた。

「たとえば、電話でどこかの電話番号を聞くときには、紙にメモをしながら聞くよな」

「はい」

「それから、そのメモを見ながら電話をかけるわけだ」

「ええ」

「じゃあ、電話番号を聞いて、それを紙にメモして、紙を見ながら電話をかける、という一連の行動をマクロだと思ってくれ。この場合、お前は『電話番号』というデータを一度、紙に写している。一度、紙に保管していると言ってもいいな。そして、この『紙』のことを『変数』というんだ。この紙のおかげで、お前は電話番号というデータをいつでも取り出して電話をすることができるわけだ」

「要するに、マクロを実行しているときに、データを一時的に保管しておく箱のようなものですね」

「そのとおり」

言いながら、白百合は木の枝で地面になにかを書いた(図1)。

「そこでだ。『真二の顔の目』の色は黒だから、このステートメントで、『x』という箱には、『黒』というデータ

図1

X = Shinji.Face.Eye.Color
これが箱

が放り込まれるというわけさ」

「なるほど。『＝』（等号）の左側に変数、右側にオブジェクトとそのプロパティ、ここではＣｏｌｏｒプロパティですが、このように書けば、右側のオブジェクトの情報が左側に放り込まれるわけですね」

「そのとおり。これがＶＢＡの基本構文の二つめ、**プロパティの取得**だ。できれば、ここは、右側の値を左側へ、ということで、『←』を使えればもっとわかりやすいがな」

「え？　『←』を使えるんですか？」

「アホか。使えるわけないだろう。『←』は全角文字だ。英語で記述するＶＢＡでは、マクロのタイトルとか一部の例外を除いて全角文字は使えない。だから、『←』の代わりに『＝』（等号）を使うんだ」

「きちんとＶＢＡの文法にしたら、こういうことですね（図２）」

「そうだな。たとえば、実際のＶＢＡを使って『ワーク

図2

シート名を調べる』、つまりＷｏｒｋｓｈｅｅｔオブジェクトのＮａｍｅプロパティの値を取得するときにはこのように記述すればいい（図３）」

なるほど、「Worksheets(1)」は、「１番左のワークシート」を意味するオブジェクトなのか。

そして、そのワークシートのＮａｍｅプロパティを調べれば、名前が取得できるというわけか。

もし、１番左のワークシートの名前がたとえばＳｈｅｅｔ１だったら、変数ｍｙＮａｍｅにはＳｈｅｅｔ１が代入されるんだな。

「基本構文のその二は理解しました。ということは、あと一つですね」

「まあ、残りの一つもプロパティに関することだ」

「へえー、そうなんですか。てっきり、もっと別のことかと思ってました。じゃあ、お願いします」

図3

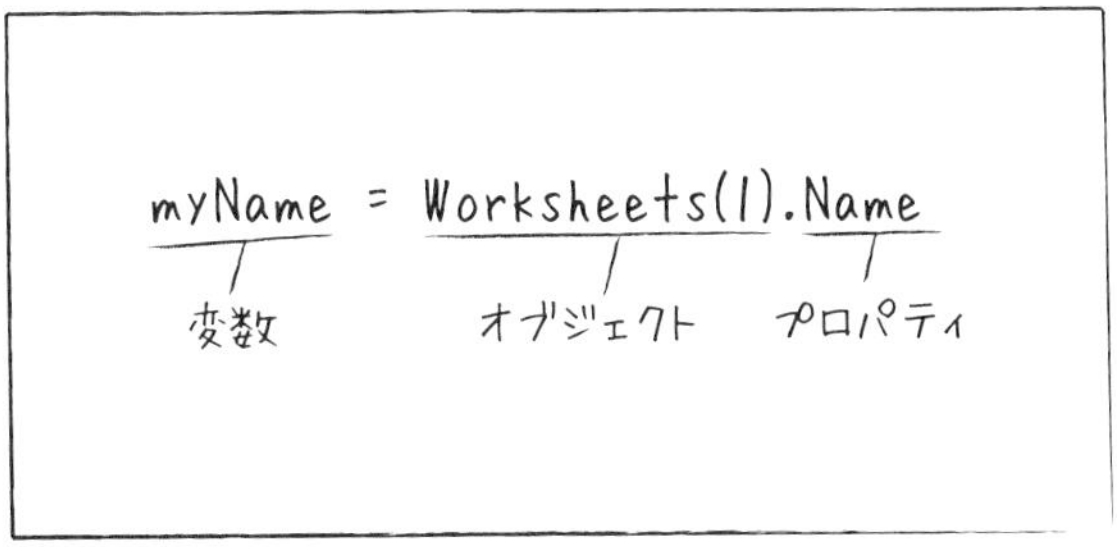
myName = Worksheets(1).Name
変数
オブジェクト
プロパティ

25

「たとえば真二。お前、自分の名前が『ポール』だったらなあ、なんて思わないか」

「いえ、まったく」

「本当は思ってるんだろう。いや、そう思ってくれ。そうでないと話が続かない」

「わかりました。はいはい。ボクは『ポール』って名前に憧れています」

言って、ボクは肩をすぼめた。

「そうか！　となると話は早い。ＶＢＡでは、オブジェクトのプロパティを書き換えることもできるんだ。だから、このステートメントでお前の名前は『ポール』に変わるぞ」

そして、白百合がステートメントを書いた（図４）。

「この『ポール』の部分を『プロパティの値』という。こ

図4

```
Shinji.Name = "ポール"
```

こでは、ＳｈｉｎｊｉオブジェクトのＮａｍｅプロパティの値が『ポール』である、という言い方をするんだ」

〈ほお。要するに、ＳｈｉｎｊｉオブジェクトのＮａｍｅプロパティに、なにかしらの値を放り込むことで、Ｓｈｉｎｊｉオブジェクトの名前を書き換えることができるわけか。これは、ＶＢＡの文法にするとこうなるな（図５）〉

「ちなみに、現実のＶＢＡのステートメントでワークシート名を変更するときには、このように記述するんだ（図６）」

なるほど、これは「１番左のワークシート」というオブジェクトのＮａｍｅプロパティに値を代入し、シート名を「顧客一覧表」に変更しているわけか。

「ちなみに、『プロパティの値』が文字列のときは、この

図5

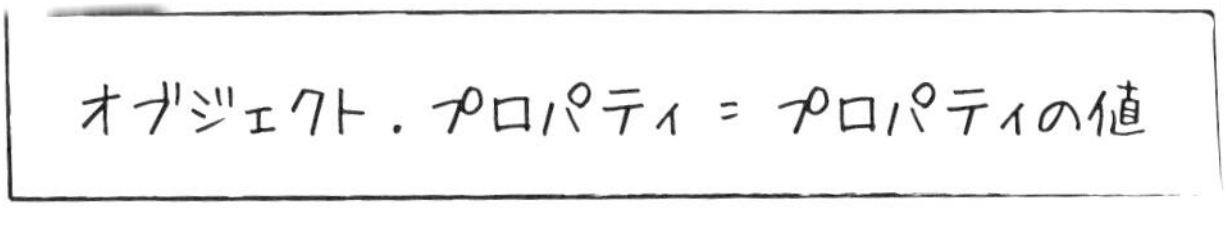
オブジェクト . プロパティ = プロパティの値

図6

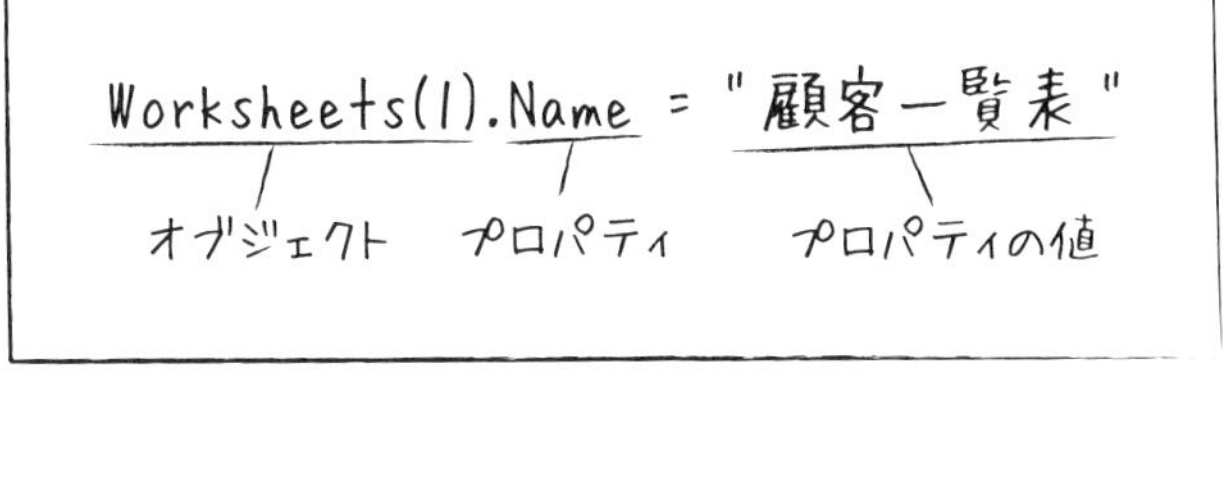
Worksheets(1).Name = "顧客一覧表"
オブジェクト
プロパティ
プロパティの値

ように『"』(ダブルクォーテーション)2つで囲む」

「『プロパティの値』が数値のときは?」

「その場合は『"』では囲まない。ただ、目的の数値をそのまま記述すればいい」

「なるほど」

「どうだ? これが基本構文の三つめ、**プロパティの設定**になる。VBAの世界ではこのように、オブジェクトにさまざまなプロパティがあって、そのプロパティから値を取得したり、逆に、プロパティの値を変更したりできるわけだ」

「はあ~。よく、わかりました」

「これでVBAの基本構文の三つ、『メソッドの使い方』『プロパティの取得』『プロパティの設定』の話は終わりだ」

「ありがとうございます」

ボクは、心地よい達成感を抱きながら謝意を示した。

白百合も、レッスンの区切りが付いたからだろうか、おいしそうにビールを流し込み、束の間の休息を楽しんだあとに口を開いた。

「それより、文法の話が続いたからお前も息抜きが必要だろう。息抜きといえば、明日は土曜日だが、お前どうする?」

土曜日といっても、当然のようにボクにはなんの予定もなかった。それよりも、ボクのＶＢＡの学習意欲は最高潮に達していた。

だからこそ、なんのためらいもなく即答した。

「明日もぜひ教わりたいです」

「じゃあ、このノートパソコンを貸してくれないか？　オレが明日のために準備をしておこう」

「ええ。まったくかまいませんよ」

「お前が一番喜びそうな、凄いマクロを作っておくから楽しみにしてるんだな」

〈ボクが一番喜びそうな凄いマクロ！　となると、やっぱりアレか！〉

興奮を禁じ得ずにボクは思わず小躍りしたが、白百合はそんなボクなどお構いなしに、気もそぞろに遠くに目線を投げていた。

「白百合さん、どうしたんですか？」

「いや、あいつも明日、来るのかなと思ってな」

「あいつ？」

「ああ。今日、オレたちのことをあの木の陰から覗いていた」

ボクは慌てて振り返ったが、すでにもぬけの殻だった。

「まあ、いい。確かに、サラリーマンとホームレスが仲良さそうにビール飲んで、ざるそば食って談笑してれば、誰だって気になるだろう」

「それはそうですよ。そんな現場見たら、ボクだって立ち止まっちゃいますよ」

「あいつは、立ち止まってじゃなくて、三十分以上見ていたがな」

「へえ。物好きな人もいるもんですね」

「じゃあ、また明日」

「はい。よろしくお願いします」

第7章 真二、算術演算子と関数をらくらく使いこなす

36

今日は土曜日だ。

白百合と会うのになにも夜である必要はないが、習慣には逆らえない。

ボクは、夕方にアパートを出ると、いつものコンビニで缶ビールとざるそばを買い、夜の八時ごろに公園に出向いた。白百合が、きっと「見積入力」のようなソフトを作成して待ってくれていると確信しつつ。

その救世主《きゅうせいしゅ》たる白百合は、いつものようにベンチで子犬を撫でていた。常夜灯もその救世主をいつにも増して明るく照らしていた。

救世主は、その光に乗って、そのまま月にまで昇っていくのではないかとすら思えた。

「救世、いえ、白百合さん。来ましたよ」

「おお。まずはビールを頼む。今日は、お前のために一肌脱いで、この猛暑の中、ノートパソコンと一日中、呼吸をするのも忘れてレッスンのためのサンプルを作っていたから、もう喉《のど》がカラカラだ」

「あの、もっとマシな嘘がつけないんですか。一日中って、そんなにノートパソコンのバッテリーは持ちませんよ。それよりも、今日はいよいよＶＢＡの実習ですね。サンプルはやっぱりアレですよね。み・つ・も・り入力」

「ほお、鋭いな。まあ、似たようなものだ」

「早く！　早く、見せてください！」


「さあ、括目《かつもく》せよ。これが、お前のためにオレ様が用意してあげたサンプルだ（図1）」

一瞬、ボクのほうが呼吸をするのを忘れてしまった。眼前で繰り広げられている現実を理解するのに十五秒を要した。

「これが呼吸をするのも忘れて作ったサンプルですか？」

図1

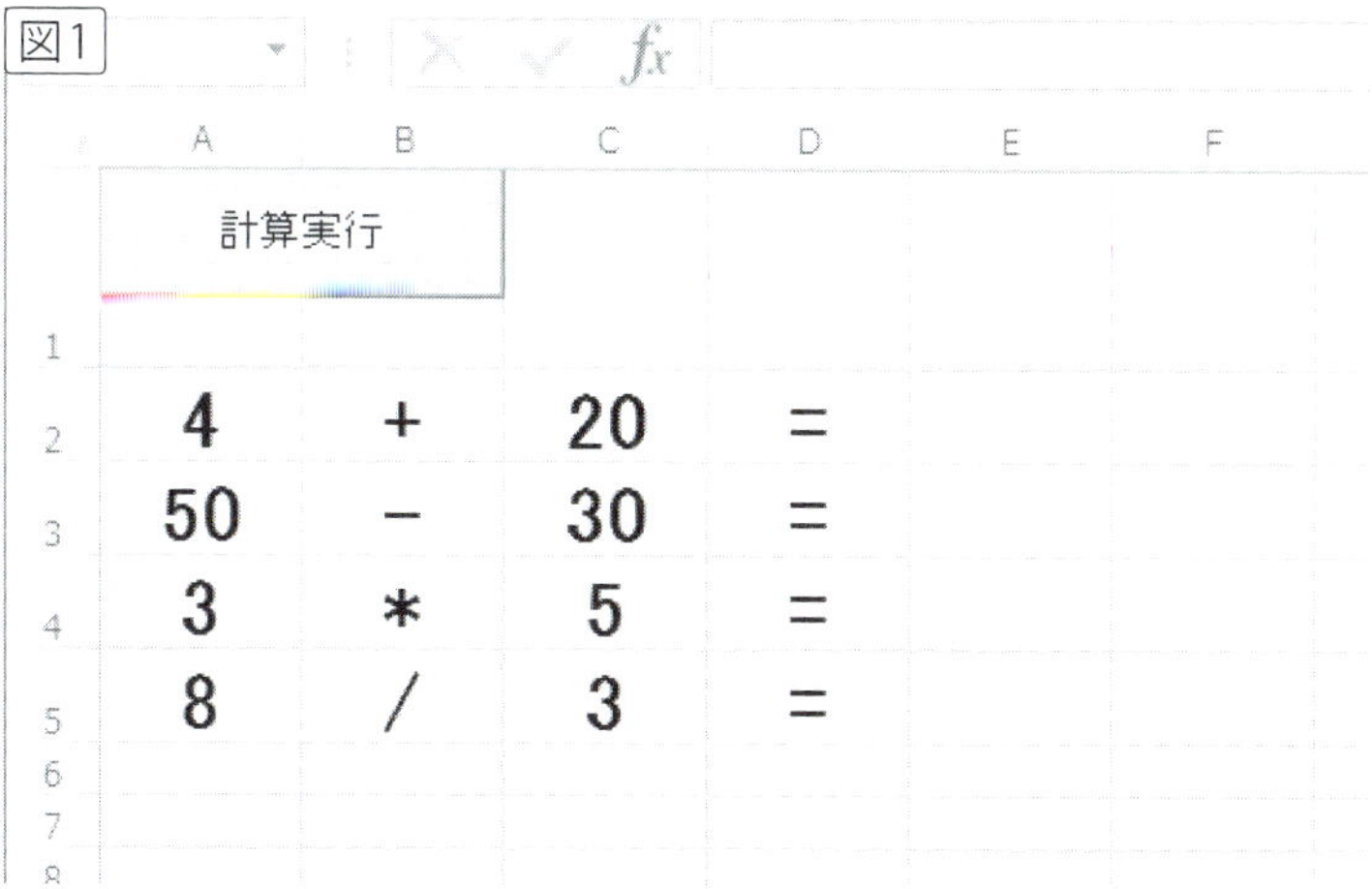

「そうだよ」

「これが『見積入力』に似たサンプルですか？」

「そうだよ」

「あの、白百合さんは救世主なんですよね」

「そうだよ」

「かぐや姫のように、いずれは月に帰る人なんですよね」

「いや、月には帰らない」

「じゃあ、ボクが家に帰ります。ノートパソコン、返してください」

「どうして？」

「どうして、って。これ、小学生レベルの算数ですよね」

「そうだよ。だからブックの名前も『算数マクロ』としてあるじゃないか」

「白百合さん。ボクは、マクロで人生変えてやる、くらいに思ってるんですよ」

「それは重々承知だが」

「それなのに、これはただの四則演算《しそくえんざん》ですよね。しかも、エクセルである必要もない。暗算でできますよ」

「まあ、帰りたきゃそれはお前の自由だが」

ボクは大いに失望していた。確かに、いきなり高度なことはできないのはわかる。でも、なにもここまで幼稚なものでなくてもいいだろう。

少なくとも、ボクはマクロ記録もできるし、ＶＢＡの三つの基本構文、『メソッドの使い方』『プロパティの取得』『プロパティの設定』も理解しているのだ。そのボクに、こんな子どものお遊びのようなサンプルを出してくるとは。

〈ボクは、もう白百合さんに会うことは一生ないのかもしれない。今後は、自力でＶＢＡを理解するしかないのか。やはり、これがホームレスの限界なのか……〉

そんなことを思っていたが、ワークシートの左上にある計算実行ボタンにふと気が付いた。

〈もしかしたらここに、文字通り計算を実行するマクロが登録されているのか？〉

試しに、ボクはその計算実行ボタンをクリックしてみた。

すると、Ｅ列に計算結果が表示されたではないか（図2）。

「お！」

ボクは小さく叫び、そのあと、「しまった」と思った。こんなことで感動してどうする。

ただ、同時に自分の非力さも痛感していた。このマクロのステートメントが咄嗟に頭に浮かばないのだ。

そこで、ボクはVBEでマクロを確認しようとしたが、突然、白百合がボクの右手を掴んだ。

「ダメだ。自分で考えろ。ほら、この枝で、地面にこのマクロと同じものを書いてみろ」

「……。わかりました」

マクロを実行したら、セルE2には「24」と表示されたんだよなぁ。うーむ。

今回はおそらく、メソッドを使っていないだろう。

図2

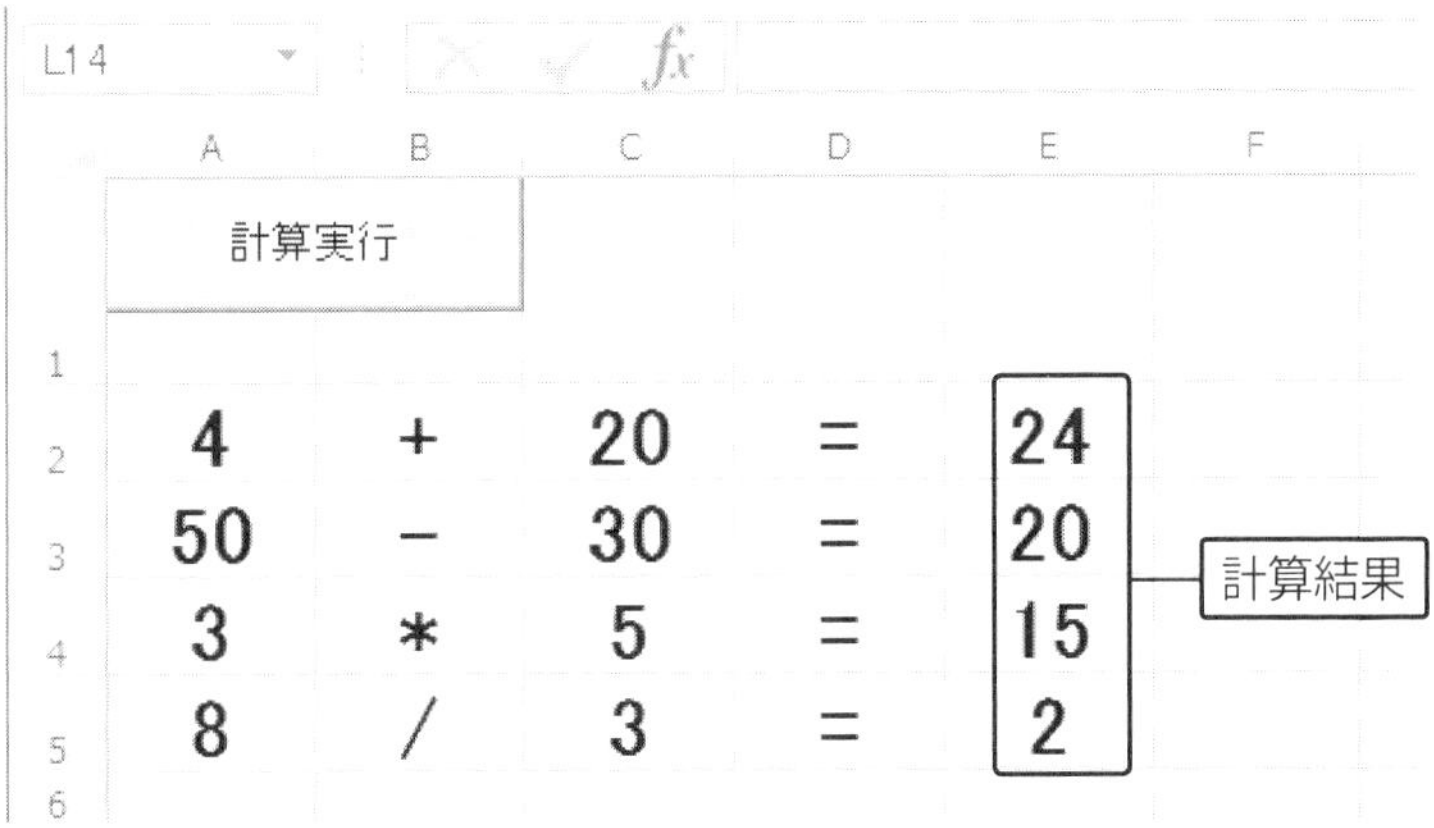

そして、セルE2には、セルA2の「4」と、セルC2の「20」を足し算した「24」が代入されたわけだよな。

うーん。これは、『プロパティの取得』だな。ちょっと、VBAの基本構文その二を思い出してみよう（図3）。

これに違いない。今回は、セルE2に値が放り込まれたので、「変数」の部分をセルE2にすればいい。

確か、セルに値を入力するときに使うのはValueプロパティだったはず。

以上のことをまとめると、こうなるはずだ（図4）。

これで左側は完成だ。

じゃあ、右側はどうなるんだ。

今回は、セルA2の値と、セルC2の値の足し算

図3

```
変数 = オブジェクト . プロパティ
```

図4

```
Range("E2").Value = オブジェクト . プロパティ
```

だから、まず、「Range("A2").Value」と「Range("C2"). Value」を使うことは間違いないだろう。

じゃあ、足し算は？

これは、あまり深く考えることはなさそうだ。セルに数式を入力するときと同様に、足し算は「＋」だろう。

ということは……（図5）。

これが、ボクの導き出した回答だった。

白百合が、いくぶん驚いた表情で言った。

「ほお。そうきたか。じゃあ、残りの三つ。引き算、掛け算、割り算は？」

ここまできたら、あとは難しいことはなさそうだ。同じように書けばいい。

図5

```
Range("E2").Value = Range("A2").Value
                         + Range("C2").Value
```

そして、ボクはすべてのステートメントを地面に書いた（図6）。

「なるほどな。よし。じゃあ答え合わせをしてもいいぞ。VBEでマクロを見てみろ」

白百合のお許しが出たので、ボクは彼の作ったマクロを見てみた。

「……。やった！　全問正解だ！」

実は、ボクのステートメントと白百合のマクロでは、一部、若干の相違点があり、全問正解していたわけではないのだが、このことは、ボクはすぐ後に知らされることになる。

「フフフ。真二。お前、オレが思った以上に筋がいいようだ。ちなみに、今回の四則演算で使った記号を**算術演算子**《さんじゅつえんざんし》というんだ。まあ、大切なことはマクロが書けることだから、そんな小難しい名称は覚えなくてもいいがな」

図6

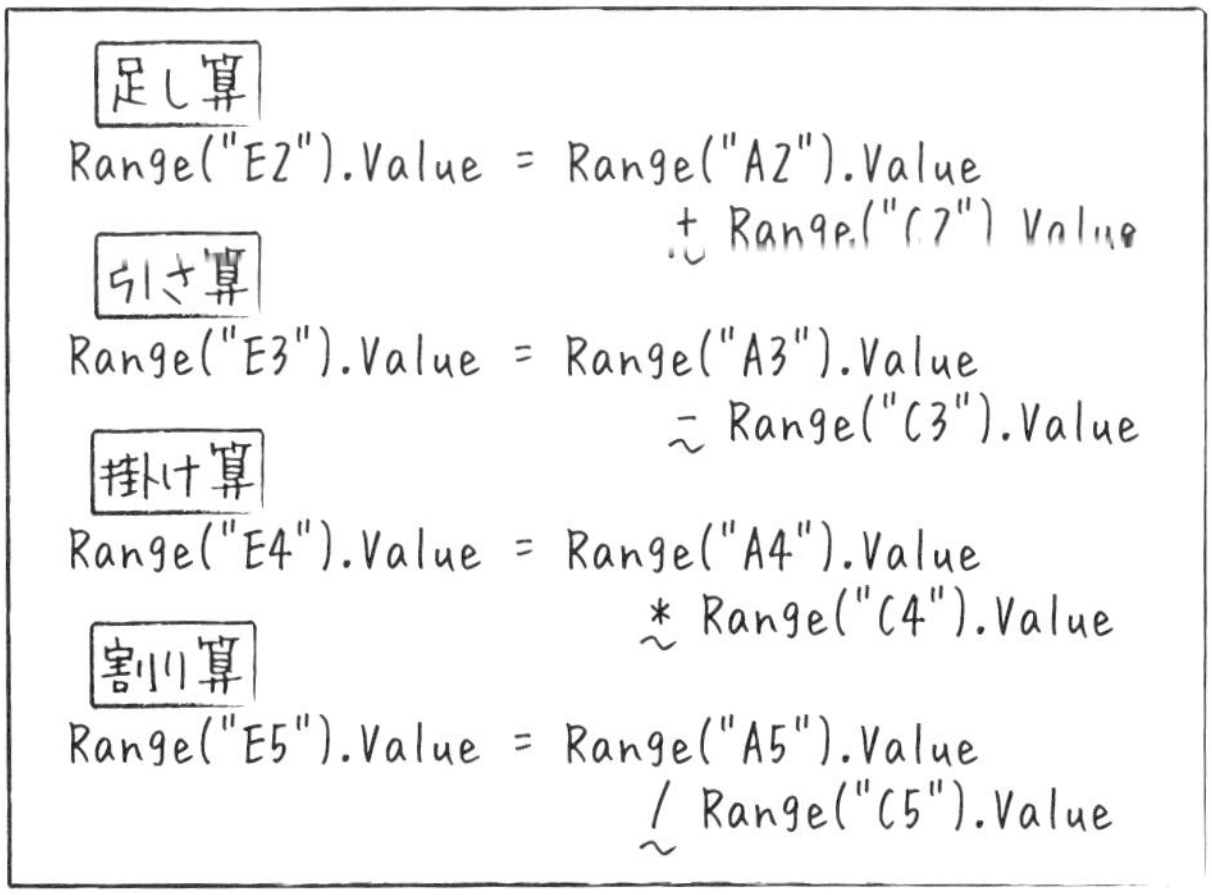
足し算
Range("E2").Value = Range("A2").Value
+ Range("C2").Value
引き算
Range("E3").Value = Range("A3").Value
- Range("C3").Value
掛け算
Range("E4").Value = Range("A4").Value
* Range("C4").Value
割り算
Range("E5").Value = Range("A5").Value
/ Range("C5").Value

28

「じゃあ、ボクはこれで算術演算子をすべて覚えたわけですね」

「まあ、計算の基本は四則演算だから、これだけ知っていれば大抵のケースに対応できるが、これですべてではない。そうだな。今後のために、算術演算子をすべて教えておくか」

そう言うと、白百合は木の枝を持った。なにやら、複雑なものを書いているらしく、苦戦している様子だ。

「よし、できた。この七個が算術演算子だ（図7）」

「それより真一。お前、さっきのマクロ、正解したと思っているようだが」

図7

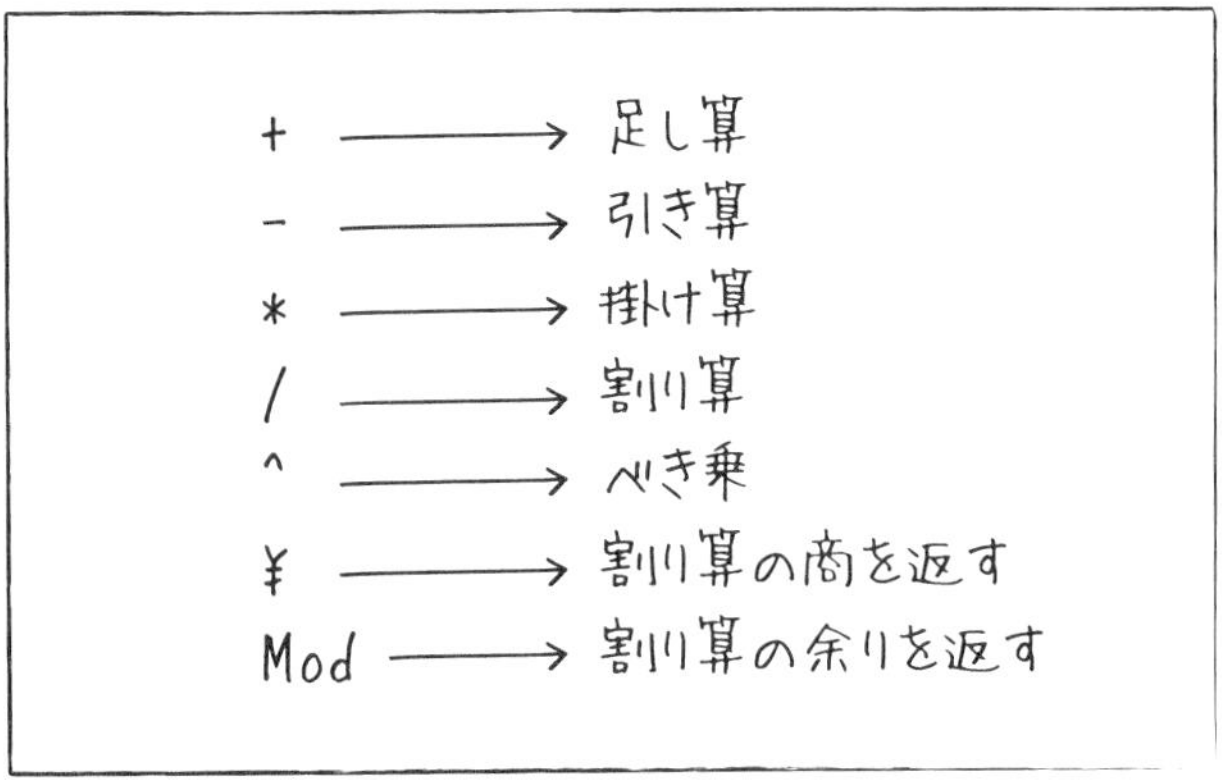
+ → 足し算
- → 引き算
* → 掛け算
/ → 割り算
^ → べき乗
¥ → 割り算の商を返す
Mod → 割り算の余りを返す

「正解してたじゃないですか」

「じゃあ、割り算のところを見てみろ（図2）」

「ワークシートの五行目ですね。8÷3で、答えは……。あれ？　これは割り切れないぞ。そして、答えは『2』になっている」

「そうだ。小数点以下を切り捨ててある」

なるほど。ということは、算術演算子の「／」の代わりに「¥」を使えばいいのか。そうすれば、商だけを求めることができる（図8）。

「見事だ。大正解だ。今後、割り算の商だけを求めたいときにはこれでいい。ただし……」

「ただし？」

「今回オレは、あえてこんなステートメントを書いてみた（図9）。あくまでも正解は、真二が書いたステートメントだが、お前にVBA関数を教えたくてな」

図8

```
Range("E5").Value = Range("A5").Value
                    ¥ Range("C5").Value
```

図9

```
Range("E5").Value = Int(Range("A5").Value
                    / Range("C5").Value)
```

「ＶＢＡ関数？」

「そうだ。割り算の商を求めるオレのステートメントをもう一度見てみろ（図９）」

「あれ？　ボクのステートメントと微妙に違いますね。これは気付かなかった。しかも、『¥』を使っていないのに商だけがきちんと算出されている」

「このＩｎｔ《イント》がＶＢＡ関数なのさ。役割は、小数点以下を切り捨てた値を返す、だ」

「Ｉｎｔ関数？」

「そう。『Int（数値）』とすれば、その数値の小数点以下は切り捨てられる。今回の算数マクロでは、この数値の部分が割り算、すなわち『８÷３』で『2.66』だったから、演算結果が『２』になったわけだ」

そこで、ボクはひらめいた。

「ひょっとして、四捨五入したかったらＲｏｕｎｄ関数ですか？」

「鋭いな」

「いえ。ワークシート関数の場合がそうですから。ということは、同じ『2.66』でも、『Round(2.66)』の場合の結果は『３』になるわけですね」

「そのとおりだ。ただし、なんでもかんでもワークシート関数とＶＢＡ関数で同じものを使うわけじゃない。たとえば、今日の日付を求めるワークシート関数はＴｏｄａｙ関数だが、ＶＢＡ関数の場合にはＤａｔｅ関数を使う。ということで、今の真二の解答はちょっとしたまぐれだ」

言うと、白百合はビールを傾けながら続けた。

「ちなみに、マクロを見ていて知らないキーワードが出てきた場合の対処法を教えてやろう」

「対処法？」

「ちょっと、Ｉｎｔの上にマウスカーソルを置いてF1キーを押してみろ」

言われたとおりにすると、Ｉｎｔ関数のヘルプがブラウザに表示された。

「ＶＢＥでは、こうやってヘルプを調べるんだ。もっとも、意味不明の英語のヘルプが表示されてしまうこともあるが、ここは今後、マイクロソフトが対応してくれるのを待つしかないな」

〈ふーん。ＶＢＡのヘルプはブラウザで確認するわけか〉

「ちなみに、前にメソッドに指定する補足情報を『引数』と言ったが、ＶＢＡ関数に指定する数値や文字列も『引数』という。これは覚えておくんだ。すなわち、まとめると……」

29

「まとめると？」

「Ｉｎｔ関数は、引数に指定された数値の『小数点以下を切り捨てた値』を返すＶＢＡ関数だ」

「このＶＢＡ関数っていくつくらいあるんですか？」

「１２０個以上ある」

「そんなに！　無理っす。ぜんぜん覚えられません」

「アホ。全部覚える必要なんてない。マクロを作りながら、必要なものだけ覚えていけばいい。オレに言わせれば、エクセルのワークシート関数よりＶＢＡ関数のほうが簡単だよ。それに、お前はすでに、二つのＶＢＡ関数を体験している」

「二つ？　まだ、Ｉｎｔ関数だけですが」

「ＭｓｇＢｏｘは覚えているな？」

「はい」

「実は、ＭｓｇＢｏｘもＶＢＡ関数なんだ」

「へえ。なんか、関数という感じがしませんね」

ボクは思わず呟くと、なぜそう感じるのかを考えてみた。

あの日作ったステートメントは、確かにこれだった（図10）。

これは、関数なのに、引数を「()」で囲んでないな。だから、関数という感じがしないんだ。

待てよ。でもあのとき、白百合は「ＭｓｇＢｏｘの場合、引数は『()』で囲んではいけない。これはとても重要なことだ」と言っていた。

「なにか気付いたみたいだな。要するに関数は、通常は値を返す。Ｉｎｔ関数なら、『小数点以下を切り捨てた値』を返す。ただし、ここが間違えやすいんだが……」

「はい？」

「関数がすべて値を返すとは限らない。つまり、関数だから引数を『()』で囲むんじゃない。**値を返す関数**だから引数を『()』で囲むんだ」

図10

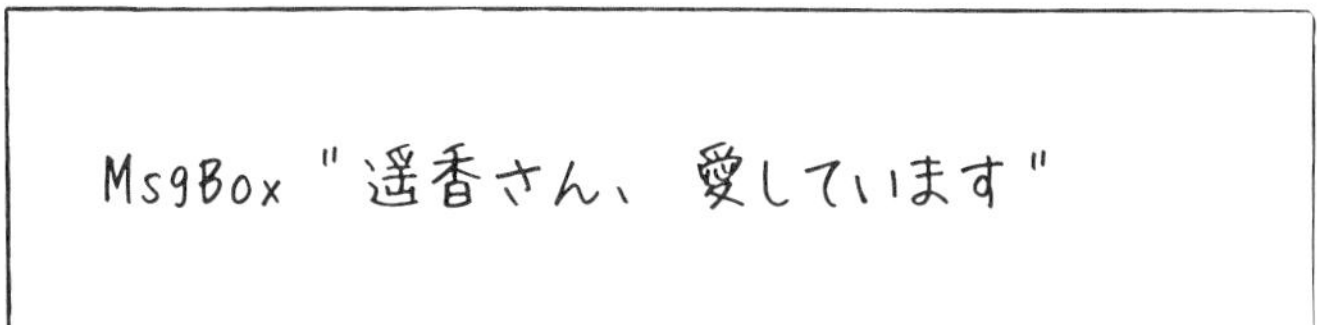

ボクの背中に電流が走った。ボクは、白百合のこの一言はとてつもない名言だと、素人ながらに直感した。

白百合が続けた。

「ということは……。ちょっとノートパソコンを貸せ」

そして、白百合はさっと作業をした。

「このメッセージボックスを見てみろ（図11）。この場合は、ユーザーが［OK］ボタンを押したら、ＭｓｇＢｏｘ関数は『vbOK』という値を返す。［キャンセル］ボタンなら『vbCancel』という値を返す。このケースでは、**値を返しているから**ＭｓｇＢｏｘ関数の引数は『()』で囲まなければならない」

「ちょっと、このマクロを見せてください（図12）」

図11

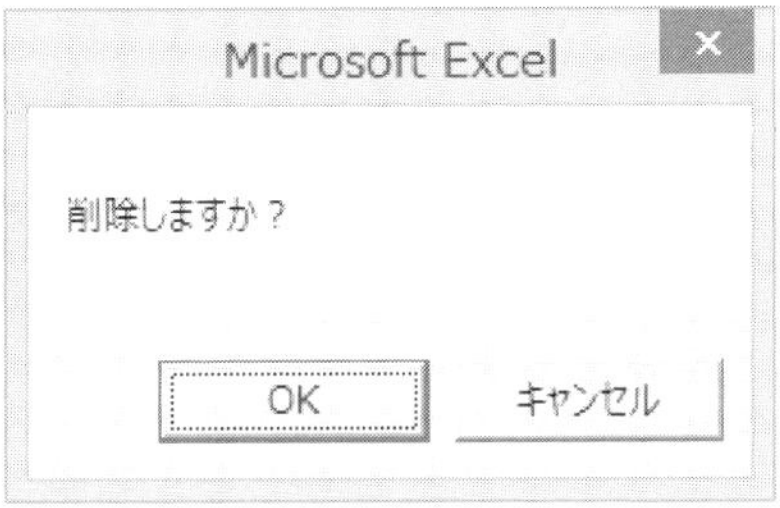
Microsoft Excel
削除しますか？
OK
キャンセル

図12

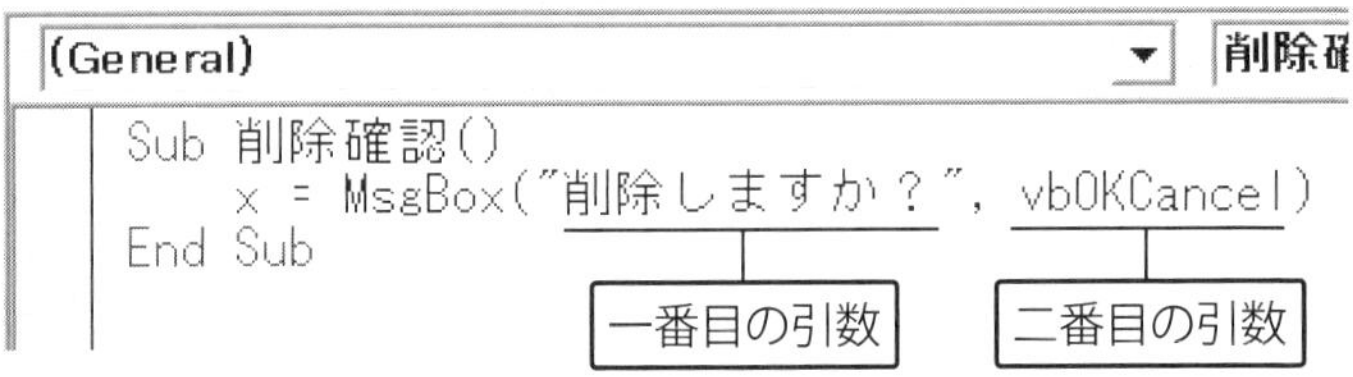
(General)
削除確
Sub 削除確認()
x = MsgBox("削除しますか？", vbOKCancel)
End Sub
一番目の引数
二番目の引数

確かに、MsgBox関数の引数を『()』で囲んでいる。ここでは、引数が二つあるな。

なるほど。引数が二つ以上というワークシート関数はたくさんあるが、VBA関数にもそういう関数があるのか。引数と引数の間を「,」(カンマ)で区切るのもワークシート関数と同じ書式だ。そして、メッセージボックスに[OK]ボタンと[キャンセル]ボタンを表示しているのが二番目の引数の「vbOKCancel」というわけか。

ボクは、白百合はただものではないと確信した。そして、またあの単語が脳裏に浮かんだ。

30

〈ExcelVBAの神様か……〉


「MsgBox関数の話になったから、もう一つだけ教えておこう。今日の最後のレッスンだ」

「はい」

「真二はもう、算術演算子は大丈夫だな」

「ええ」

「じゃあ、今度は**文字列連結演算子**を教えてやる。って言っても、一つしかないがな。ただ、使い方に少しコツがいるから注意して聞け」

「はい」

「もう一度、ノートパソコンを使うぞ」

言って、白百合は慣れた仕草を見せた。

「さあ、このマクロを見てみろ（図13）」

白百合が言う。

「この『&』（アンパサンド）が文字列連結演算子だ」

「これは、一行目のステートメントで、セルA2とC2の和を『x』という変数、すなわち箱に格納しているわけですね」

「そうだ。そして、それを二行目のステートメントでＭｓｇＢｏｘ関数を使ってメッセー

図13

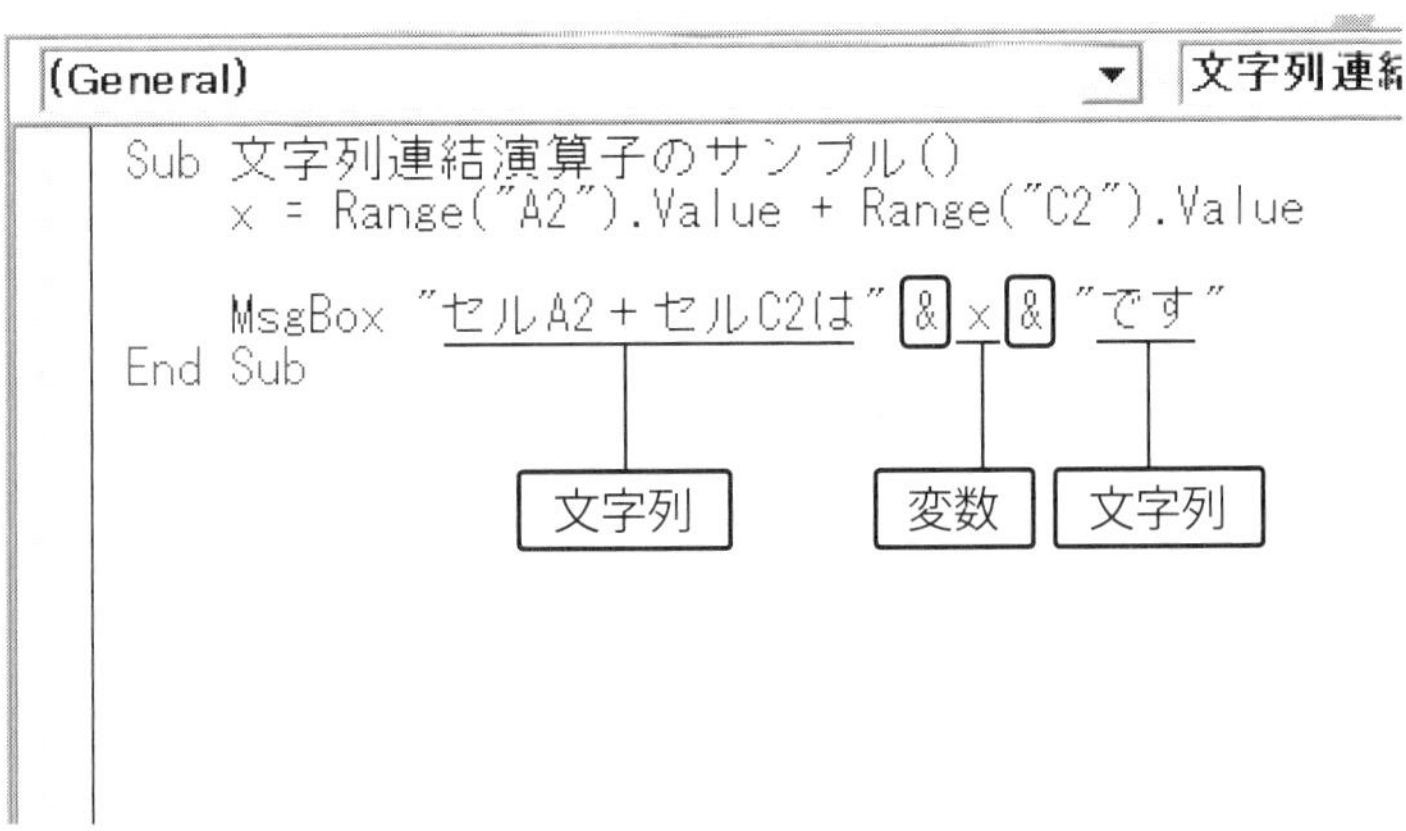
(General)
文字列連結
Sub 文字列連結演算子のサンプル()
x = Range("A2").Value + Range("C2").Value
MsgBox "セルA2＋セルC2は" & x & "です"
End Sub
文字列
変数
文字列

ジボックスに表示している。しかし、ただ演算結果の数字だけを表示しても、見た人にはなんのことかさっぱりわからない。そこで、変数『x』を挟むように、前後に文字列を追加して表示している、というわけだ」

白百合は、次の三点がポイントだと言った。

①文字列は「"」で囲まなければならない。
②変数は「"」で囲んではいけない。
③「&」の前後には半角のスペースを空けなければいけない。

「じゃあ、このマクロを実行してみろ」

白百合の合図で、ボクはF5キーを押した（図14）。

図14

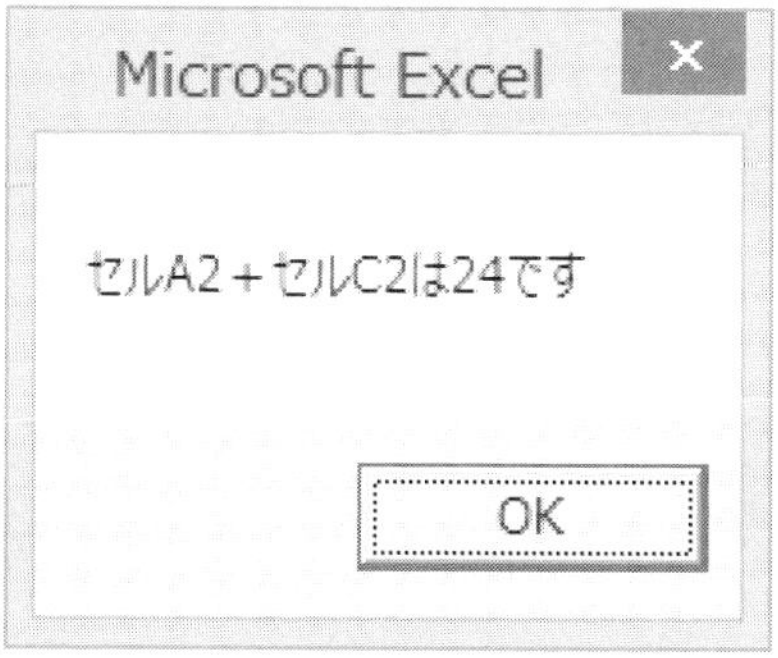

Microsoft Excel
セルA2＋セルC2は24です
OK

「ちなみに、『＋』を文字列連結演算子だと思っている人もいるが、それは大間違いだ。文字列連結演算子は『&』だけだ」

白百合は、別段勝ち誇った様子もなくざるそばを食べ始めた。

ボクは、しばらくメッセージボックスを眺めると、ざるそばを持つ彼の左腕に光るベンチュラを見つめた。

〈白百合龍馬とは、一体何者なんだ？〉

第8章
真二、意外とあっさりコレクションを理解する

31

昨日の日曜日は頭と体の休息に努め、新鮮な気持ちで出社した。

時々、向かいの水岡遥香に気を取られながらも、黙々とデスクワークをこなしていたら、唐沢勉の声がした。

「どうぞ。こちらです」

見ると、唐沢が応接室のドアを開けて二人の男性を招き入れようとしている。唐沢が新規開拓したファミレスの人間に違いなかった。

彼らが応接室に移動すると、唐沢がその方向に言葉を放った。

「すぐに部下に飲み物を用意させますので」

そして、ドアを閉めると唐沢がボクのところにやって来た。

「おい、江藤。お茶、二名分、応接室に」

「は？　ちょっと待てよ。ボクがいつ、きみの部下になったんだ」

「つべこべ言わずに急げよ！」

そう言い放つと、唐沢はきびすを返して応接室に向かった。

瞬時にして、頭の血管に熱湯が流れた。

すると、水岡が席を立ち、給湯室に向かう姿が見えた。当然、唐沢の来客のためにお茶を淹《い》れに行くのだろう。

しばし、水岡が姿を消した給湯室のドアを見ていたが、唐沢の無礼な態度はともかく、お茶を用意するように言われたのはボクだ。水岡にそんな雑用をさせるわけにはいかない。いや、水岡に唐沢のサポートなどしてほしくなかった。そちらのほうがつらい。


ボクが給湯室に入ると、水岡が笑顔を見せてくれた。

「ちょうど、お茶の用意ができたわ」

湯呑みの蓋に手をかけながら水岡が言った。

「じゃあ、ボクが持って行くから」

「でも……」

「頼まれたのはボクだから」

「……。江藤君」

「はい？」

「頑張ってね。大丈夫、江藤君ならできるから。私、信じてるから」

「そりゃあ、お客様にお茶を出すくらいのことは……」

「そうじゃなくて、黒原部長に言われた業務改善のほう」

「ああ。ありがとう。頑張るよ」

ボクのその一言で、水岡の薄い唇が美しい三日月を描いた。彼女の、どこまでも美麗な顔、慈愛に満ちた瞳を見ていたら、とても気恥ずかしくなった。

「さあ、とにかく水岡さんは席に戻って。あとはボクがやるから。お茶の準備、ありがとう」

「そう。じゃあ、あとはお願いね」

ボクは、水岡の後ろ姿を目で追いながらお盆を手にした。そして、応接室で二人の客の前に湯呑みを出して席に戻った。

三十分後のことであった。取引先を送り届けた唐沢が、猛然とボクの席に向かってきた。彼は、胸ぐらを掴んでボクを立たせると、次の瞬間、ボクの左頬《ほほ》に強烈なパンチを見舞った。

ボクは、目の前に閃光が舞い、一瞬意識が薄らぎ、そのまま尻もちをついた。

「きゃあ」という水岡の悲鳴が遠くで聞こえた。

「江藤！　お前、なにやってんだ！」

反論できなかったのは、唐沢の剣幕に気圧《けお》されていたからではない。頬骨が骨折したかのような痛みに抗《あらが》うので精一杯だったからだ。

「自分が一社も契約できないからって、オレの仕事の邪魔をするなんて、本当に最低な奴だな。ほら、立てよ。もう一発お見舞いしてやる」

ボクは、床に尻をつけたまま、かろうじて反論の言葉を吐き出した。

「いつ、ボクが邪魔をした」

「は？　さっきの湯呑みはなんだ！」

「湯呑み？」

「中が空っぽだったじゃないか！　オレがどれだけ恥をかいたかわかるか？」

「空っぽ！　いや、お茶の準備はできて……」

そこで言葉が詰まった。

そうか。水岡は蓋を開けて急須からお茶を入れようとしていたのか。お茶の準備ができたというのは、急須のほうの話だったんだ。

するると、水岡がボクたちのところに駆け寄ってきた。

「ちょっと待って、勉君」

「遥香は関係ない。引っ込んでてくれ」

「違うの。私が江藤君に紛らわしいことを言っちゃったの。お茶の準備はできてるって」

「そんなの理由にならない。お盆を持てば重さでわかるだろう」

唐沢の言うとおりだった。しかし、水岡のことに意識を奪われ、はっきり言ってしまえば、唐沢の客人に出すお茶のことなどどうでもよかった。まったくそこまで意識が回らなかった。

「土下座しろよ」

上から唐沢の声がした。

「ちょっと、勉君。それはあんまりだわ。そもそも、あなたが江藤君を部下扱いしたことが原因なんじゃないの？　お茶くらい自分で淹れなさいよ」

胸中が屈辱で満たされた。二つのこぶしが震えた。だが、ボクのために猛然と反論してくれている水岡にこれ以上迷惑をかけたくなかった。水岡に怒った顔は似合わない。

「ありがとう、水岡さん。でも、唐沢の言うとおりだよ。今回の件は、百パーセント、ボクのミスだ」

そして、ボクは唐沢の靴を舐めんばかりの姿勢で土下座の準備に入った。

「ダメ！　江藤君。絶対に土下座なんかしちゃ。江藤君が土下座するなら、私もするわ」

水岡のこの一言は、唐沢の想定外だったようだ。

「ちょ、ちょっと。なにを言い出すんだ、遥香。遥香に土下座なんてさせられるわけないだろう」

「でも、江藤君にはそんな尊厳を踏みにじる行為を強要できるのよね？　勉君。あなた、最低ね」

「あー、わかったよ。とにかく、これからは気を付けろよ、江藤」

「気を付けるのは勉君じゃないの？　さっき言ったように、お茶くらい自分で淹れなさいよ。私たちには部下はいないんだから」

「ちぇ。あー、しらけた、しらけた」

唐沢は、捨てゼリフを残して自分の席に向かった。

「江藤君、大丈夫？　ちょっと待ってて」

水岡はそう言うと、給湯室に駆け込んで、一分もしないうちに戻って来た。そして、水に濡らしたハンカチをボクの左頰に当ててくれた。

「ありがとう、水岡さん。それよりも、水岡さんまで巻き込んじゃって……」

「気にしないで」

見ると、水岡は至近距離でボクを直視している。彼女の瞳の中には、半べそをかいている男がいた。


「……てなことが、今日、会社であったんです。だからボク、ＶＢＡはやっぱりやめて、営業でもう一度頑張ろうかなーって」

その日も、月の明るい夜だった。

白百合は、ビールを飲みながら無言で聞いていた。静寂の中、草むらの虫だけが頑張っていた。

「ほら。ＶＢＡってやっぱり裏方業務じゃないですか。だから同期にまでなめられちゃうんですよ。ボク、唐沢の奴を見返してスカッとしたいんですよね」

「なるほど。それならもうここに来る必要はないな。家でパワーポイントの勉強でもしてたほうがいい」

「パワーポイント?」

「だってそうだろう。スポットライトを浴びる中、みんなの前で格好良くプレゼンを決めて、スタンディングオベーションに手を振って応える。人生はそうあるべきで、それ以外の人生はクズだって言われたら、残念だがオレがしてやれることはなにもない」

「いや、そこまで言ってませんが……。ただ、裏方は……」

白百合は、二本目の缶ビールに手を伸ばしたが、プルタブは開けずにくるくると缶を回してラベルや成分表を眺め始めた。

先ほどの静寂がさらに鉛のように重くなり、逆に虫の音が邪魔に感じ始めたときに白百合が言葉を放った。

「**たとえ裏方でも、精一杯頑張っていれば、必ず見てくれている人はいる**」

「え?」

「そして、その努力は必ず報われる。スタンディングオベーションという華やかな形ではないかもしれないが、たとえ一人でも誰かに認められるという体験は一生の宝になるはずだ。それこそ、棺桶《かんおけ》に持って行きたいほどのな」

「…………」

「すまん。人生でなにも成し遂げたことがない、いや、なに一つ継続すらできないお前に言っても意味がわからない話をしちまった。それよりも、お前がそこまでのバカだとは思わなかった。オレはむしろ、そっちに幻滅したよ」

この一言には、さすがにボクも震えるほどの怒りを覚えた。

「言ってる意味がわかりません」

「お前はバカだからな」

「だから、そのバカってところがわからないんです。なにをもってしてボクをバカと決めつけてるんですか」

「だってそうだろう。すでに、お前の頑張りを見て、お前に期待している人間がいるのに、その幸せに気付けないほどの愚か者はいないと思うがな」

「ボクに期待している人間？　それって白百合さんのことですか？」

「オレはただ、お前にＶＢＡを教えているだけだ。そもそも、オレはお前の会社の社員じゃない」

〈ボクに期待している人……？　そんな人がいるか？　……い、いるじゃないか！

たった一人だが、あの人はボクを気にかけてくれている。「たとえ裏方でも、精一杯頑張っていれば、必ず見てくれている人はいる」か。まったく、このオヤジときたら、本当に食え

ないホームレスだ。そんなこと言われたら、もうやるっきゃないじゃないか〉

「白百合さん。ボク、どうかしてました」

「………………」

「気に障ったのなら、謝ります。すみませんでした」

それでも白百合は無言だったが、ボクはかまわずに言葉を続けた。

「ですから、引き続きＶＢＡを教えてください。ボクだって、なにかをやり遂げてみたいんです。観衆の前でスポットライトは浴びられなくても、ボクの人生を照らしてくれるのは間違いなくＶＢＡなんです。お願いします」

ボクは、深々と頭を下げた。

「頭を下げるにはまだ早い。お礼は、ＶＢＡをマスターしたあとでいい」

「ということは……」

白百合は、眺めていた缶ビールのプルタブを開けると高い声を発した。

「今日のレッスンは『コレクション』だ。準備はいいか？」

「はい！　ありがとうございます！」

33

「さっそくだが、真二。お前、なにか**コレクション**はしてるか?」

「してますよ。あるアイドルグループのＣＤやら生写真やら」

「ひょっとして、生下着もか!」

「それをしたら、変態を通り越して犯罪者です」

「それはよかった。犯罪者にビールをご馳走になるほどオレは落ちぶれていないからな」

「あのー、結構なところまで落ちてるように見えますけど」

白百合は、三本目の缶ビールに手を伸ばしながら言った。

「さて、本題に戻ろう。『コレクション』とは、その名のとおり『コレクション』だ」

「バカにしてるんですか?」

「いいから聞け。コレクションとは『集合体』のことだよな。実際、お前が集めているＣＤも『ＣＤの集合体』だ。生写真も『生写真の集合体』だ。そして、このコレクションと同じ概念がＶＢＡにもあるんだよ」

「ふーん。なんか、まだしっくりきませんが」

「当たり前といえば当たり前だが、コレクションというのは、同種のものを複数集めて、はじめて『コレクション』になる。CD一枚ではコレクションとはいえないし、CD一枚と生下着一枚でもコレクションとはいえない。『CD』という同一のものを複数個集めて、はじめて『CDのコレクション』になるわけだ」

「まあ、そうですけど、そこは生下着、じゃなくて生写真ですから。たとえを間違えてますよ」

「あー、うるさい、うるさい。そもそも、お前が変なものを集めてるのが悪いんだろ」

「いえ、だから生下着は集めて……」

「るんだろ？　なんなら、収納できない分はオレが引き取るが」

「もう本題に戻ってください。これ以上続けると、自分が犯罪者だと錯覚しそうです」

「わかったよ。じゃあ、エクセルで考えてみるぞ。エクセルではワークシートを何枚も管理できるよな？」

「はい、できます」

「ということは、『ワークシートのコレクション』があるというわけだ。そして、VBAでは、このコレクション全体に対してプロパティで値を取得したり、また、メソッドを実行したりできるんだよ」

そう言うと、白百合が木の枝を持った（図1）。

「このステートメントを実行すれば、ワークシートの枚数が表示される。たとえば、ワークシートの枚数が三枚なら、メッセージボックスには『3』と表示されるわけだ。これは、Ｗｏｒｋｓｈｅｅｔｓ・コレクションに対して、Ｃｏｕｎｔプロパティを使った例だ」

ボクは、ワークシートを三枚にすると、このステートメントを元にマクロを作って実行してみた。

確かにメッセージボックスには「3」と表示された。

「なるほど。コレクションに対して、Ｃｏｕｎｔプロパティを使うと、そのコレクションを構成している『モノ』の数が取得できるんですね」

「そのとおり。じゃあ、今度はこれを見てみろ（図2）」

白百合は、木の枝で地面を指しながら続けた。

「これを実行すれば、開いているブックをすべて閉じることができる。これは、Ｗｏｒｋｂｏｏｋｓ・コレクショ

図1

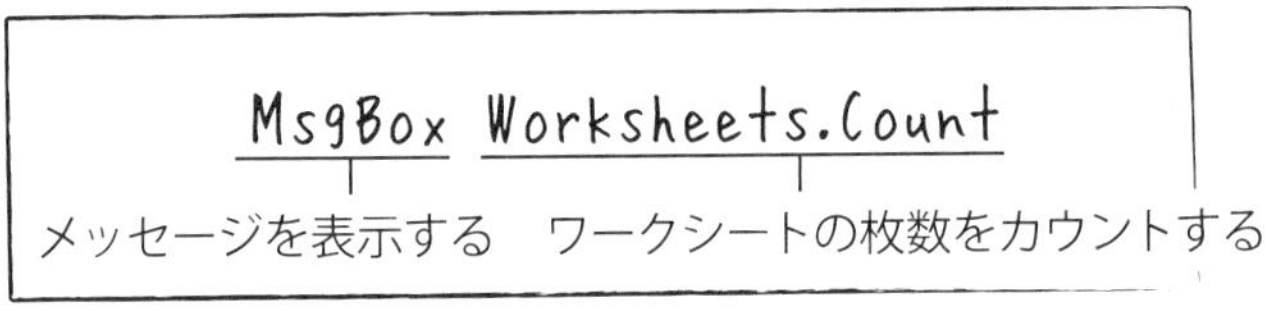
MsgBox Worksheets.Count
メッセージを表示する
ワークシートの枚数をカウントする

図2

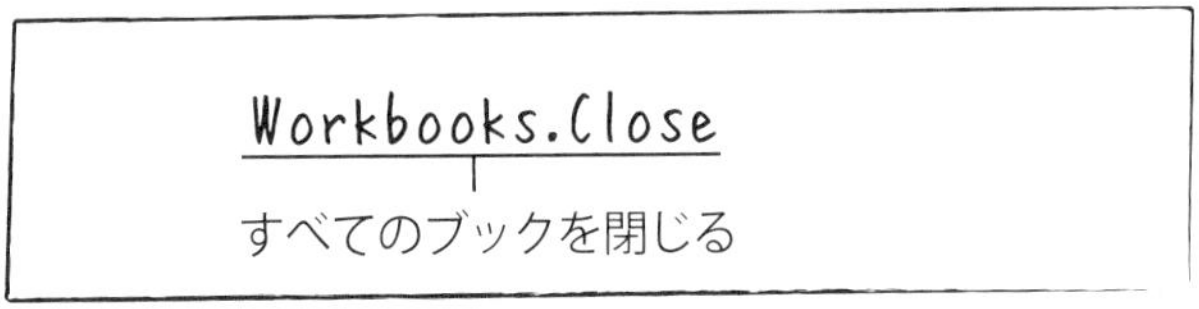
Workbooks.Close
すべてのブックを閉じる

ンに対して、Ｃｌｏｓｅメソッドを使った例だ」

「ということは、このステートメントは、エクセルの操作で、Shiftキーを押しながら右上の☒ボタンをクリックすれば、すべてのブックが閉じるのと同じなんですね」

「そういうこと。エクセルを使っていれば、無意識のうちに『ワークシートのコレクション』とか、『ブックのコレクション』を扱っている。ということは、エクセルでできるんだから、当然のようにＶＢＡでもコレクションを扱えるってことさ」

「なるほど」

34

「じゃあ、あとはコレクションとオブジェクトの関係を理解すればＯＫだな。ちょっとややこしい話だが、この点については、理論的な理解は必要ない。最悪、わからなくても、マクロを四～五本も作れば、当たり前のこととして実感できるようになる」

　白百合のこの手の言い回し、「今はわからなくてもいい」「必要はない」「覚えるな」といった解説手法にはもう慣れっこだ。実際に、白百合の言うとおりにしていればＶＢＡを最短、最速で正確に理解できることをボクは確信していた。

「いいか。ここがＶＢＡの最大の特徴なんだが、ＶＢＡではコレクションに『引数』を指定すれば、たとえば『コレクションの～番目』とか、『～という名前のコレクション』というように、コレクションの中から要素を一つだけ特定できるんだ」

「その特定された要素が『オブジェクト』なんですね」

なぜか、白百合は嬉しそうに白い歯を見せた。そして、木の枝を地面の上で踊らせた。

「このステートメントを見てみろ（図3）。Ｗｏｒｋｓｈｅｅｔｓコレクションの引数に『2』を指定し、『左から二枚目のワークシート』というＷｏｒｋｓｈｅｅｔオブジェクトを特定している。そして、そのＷｏｒｋｓｈｅｅｔオブジェクトに対して、Ｍｏｖｅメソッドを使っている」

「このステートメントを実行すれば、左から二枚目の

図3

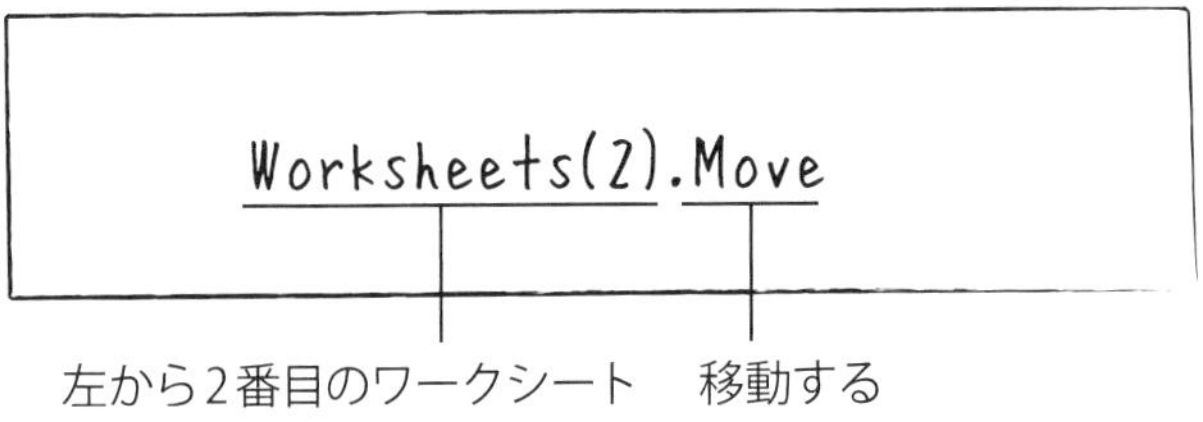
Worksheets(2).Move
左から2番目のワークシート
移動する

ワークシートが移動するわけですね。これは、四日目に『メソッドの使い方』の解説をされたときに見たステートメントとほぼ同じですね」

「そして……」

白百合が続ける。

「このステートメントを見てみろ（図4）。Worksheetsコレクションの引数に『Sheet2』を指定すれば、Sheet2ワークシートに対し、Copyメソッドでコピーができる」

なるほど。引数にワークシートのインデックス番号を指定するときにはそのまま「2」と書いて、名前で指定するときには「"Sheet2"」と「" "」（ダブルクォーテーション）2つで囲むのか。

いずれにせよ、単一ならオブジェクト、そのオブジェクトが複数になったらコレクションというわけだな。

図4

```
Worksheets("Sheet2").Copy
```

35

「もう少し苦戦するかと思ったが、どうやらオブジェクトとコレクションについて理解できたようだな」

「はい」

「じゃあ、この話をしても大丈夫だろう」

「この話？」

「真二。お前、オレが前に自動メンバー表示の話をしたときにこんなステートメントを書いたのを覚えてるか？（図５）」

「うーん。なんでしたっけ？」

「どアホ！　前に、コードウィンドウに『Ｒａｎｇｅ．』と入力すると、Ｒａｎｇｅに対して使用できるキーワードが集められたリストボックスが表示されるのを実演してみせたじゃないか」

図5

```
Range("A1:D10").Select
```

図6

```
Workbooks      →  コレクション
Workbooks(2)   →  オブジェクト
Worksheets     →  コレクション
Worksheets(2)  →  オブジェクト
```

「あー、そうだ、そうだ。確か、このステートメントで、セル範囲『A1:D10』が選択されました」

しかし、言ってすぐに、ボクは違和感を覚えた。

うん？　セル範囲？　ちょっと待てよ。まず基本的なコレクションとオブジェクトの関係から頭を整理しよう。白百合の説明はこういうことだよな（図6）。

でも、セルの場合は勝手が違うぞ。単一のセルでも、複数のセルでも、どちらも使うのはＲａｎｇｅじゃないか（図7）。

どうして、このような複数形にならないんだ？（図8）

「今日ばかりは、お前の慧眼《けいがん》に脱帽だ。いいか。よく聞け」

「はい」

「セルの場合だけ、単一のセルだろうが、セル範囲、すなわち複数のセルだろうが、必ずＲａｎｇｅを使うんだ。セルにはコレクションという概念はない。よって、Ｒａｎｇｅｓなんてものもない」

図7

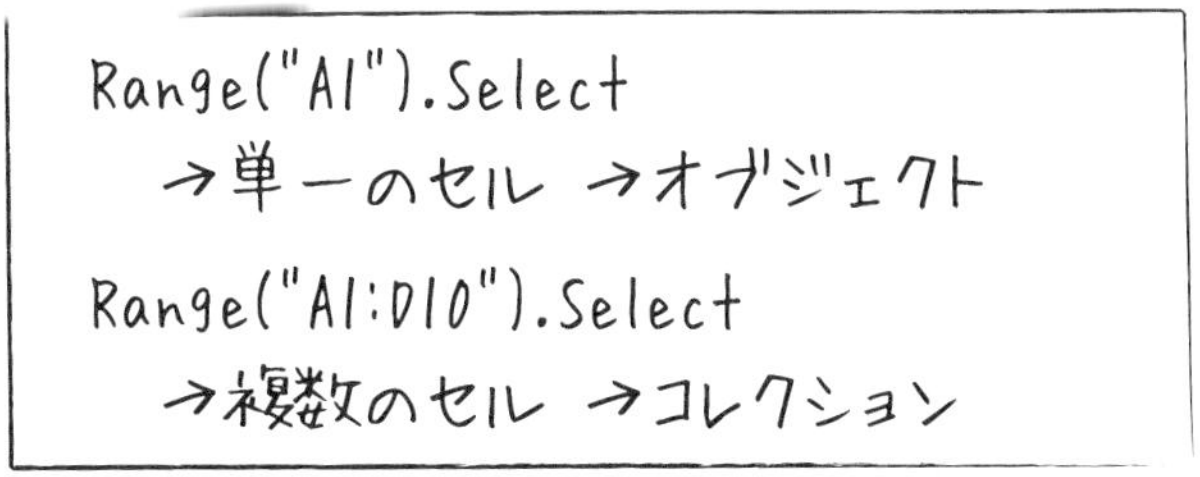
Range("A1").Select
→単一のセル →オブジェクト
Range("A1:D10").Select
→複数のセル →コレクション

図8

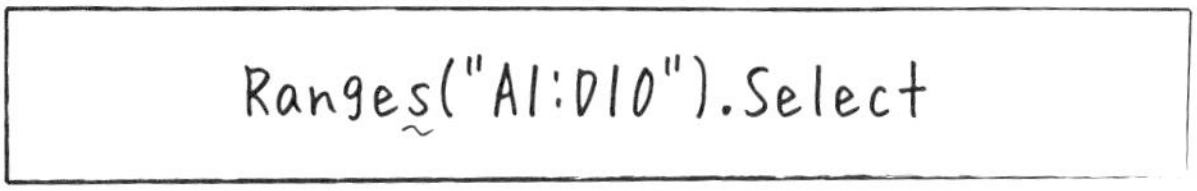
Ranges("A1:D10").Select

「はあー。これはかなり大切なことですね。よくわかりました」

「いや、ここまで理解できれば十分だ。これなら、明日からは、さらにワンステップ上のことを教えられるよ」

「本当ですか！」

「ああ。しかし、あいつ、今日も来てるな……」

そう言って白百合は十メートルほど先の木を見つめた。しかし、コレクションとオブジェクトを理解できた達成感に浸っていたボクは、白百合のその言葉には気が付かなかった。

第9章 真二、変数に腰を抜かす

36

昨夜のコレクションの解説で、これまで無意識に使っていたオブジェクトがより深く理解できた。ボクは、自分が着実に前進しているという確かな手ごたえを感じ、気分良く仕事をしていた。

ふと顔を上げると、水岡遥香と目が合った。彼女は、軽く笑ってくれた。

ささやかではあるが幸福感に包まれたそのとき、ボクを呼ぶ声がした。

声の主は黒原徹だった。

「江藤。ちょっと会議室に来い」

「あ、はい」

瞬時にして幸福感が吹き飛んだ。なぜ呼ばれたのかは皆目見当がつかないが、少なくとも楽しい出来事が待っているはずがないことは容易に想像がついた。

ボクは、黒原に続いて会議室に入ると、彼の対面の椅子を引いた。と同時に、彼の怒声が室内に轟《とどろ》いた。

「おい！　誰が座っていいと言った！」

「す、すみません」

黒原は腕を組み、瞑想するかのように両目を閉じてしばらく天を仰ぐと、その両目をかっと見開いた。

瞳は、猛禽類《もうきんるい》のそれと化していた。

「お前は、仕事ができないだけでなく、プライベートも無茶苦茶だな」

「すみません、おっしゃる意味がわかり……」

「とぼけるな！　お前、毎晩、なにしてる？」

「………」

「お前もお荷物とはいえ天下のイワイ商事の一員だろう。違うか？」

「それはそうですが」

「そのイワイ商事の社員が、毎晩毎晩、ホームレスと公園でビールを飲みながら談笑してるなんて、恥を知れ！」

「………」

「いいか。ホームレスなんて人間のクズなんだよ。仕事もせずに、物乞いをして惰眠《だみん》を貪るだけ。いや、クズじゃない。ホームレスをクズだなんて言ったら、クズに失礼だ」

ボクの両こぶしが震えた。今にもそれで、テーブルを叩きそうになった。いや、それができたらどれほど心が晴れたことか。

「本当に嘆かわしい。それ以上に汚らわしい。まったく、労基法がなければ、お前はとっくにクビだよ。最近、お前から腐った臭いがするのは、あのホームレスのせいか」

この一言で、頭の中で爆竹が鳴った。

「白百合龍馬さんです」

「はあ？」

「ホームレスでも名前はあります。あの方は白百合龍馬さんです」

すると、黒原はまったく思いがけない反応を見せた。

「白百合龍馬って、ひょっとしてあの伝説のトレーダーの白百合龍馬か？」

「はい？」

今度は、ボクが問い返すことになった。

「そりゃあ驚いた」

黒原の反応が意味するところがわからないのは、会話が突然飛んだからか。それとも、まだ頭の中で爆竹の煙がくぐもっているためか。

「あの、部長。白百合龍馬さんをご存じなんですか？」

「知ってるもなにも、金融証券業界では超有名人だよ。まあ、名前だけで実物に会ったことはなかったが、あいつが白百合龍馬か」

〈金融証券業界では超有名人？　白百合さんが？　どういうことだ？〉

「イワイ商事に来る前。シルバーソックス証券時代に聞いたよ。なんでも、独学でプログラミング言語を学んで、勝率八割のトレードソフトを開発し、百億もの資産を築いた男がいるってな」

「ひゃ、百億。ちょっと待ってください。そんな資産家が、なぜ西新宿の公園で……」

「その百億を失ったからだよ」

「え？」

「リーマンショックのときにな。その後、全財産を失ったそのトレーダーがどこでなにをしているのかは謎に包まれ、金融証券業界では文字通り伝説のトレーダーになってしまったわけだが、ヒャッハッハ、今ではみすぼらしいホームレスか！　こいつは愉快だ！　トレードをなめるからこんなことになるんだ！」

その後も、黒原の嘲笑が室内を満たし続けた。その耳障りな音が、ボクの頭の中の二発目の爆竹を鳴らした。

37

「部長。用件がお済みでしたらこれで失礼します」

黒原は、笑い終えるとボクを鋭く睨んだ。

「お前。まさか、今後も白百合と会うつもりか？」

「はい、そのつもりです」

黒原は憮然とした表情を見せたが、意外なことに、突然口角を醜く上げた。

「まあいい。考えようによっては、お荷物とホームレスっていいコンビかもな。ヒヒヒ」


その晩、ボクは動揺していた。否、その日、一日中動揺していた。

トレーダーの話はもちろん驚いた。しかし、ボクの狼狽《ろうばい》の原因は、なぜ白百合が天才的なＶＢＡプログラマーであるのかを知ってしまったことであった。

勝率八割のトレードソフトを白百合がＶＢＡで開発したことは考えるまでもない。しかも、独学だったからこそ、ボクにわかりやすく解説できるのだ。

〈すべてを知ってしまったことを白百合さんに話すべきか……〉

しかし、そんな悲惨な過去に触れられて喜ぶ人間がいるはずもない。

それに、白百合は、どんな気分でボクにＶＢＡを教えているのか。自分からすべてを奪い去ったＶＢＡを……。

それを思うと、とてもその話題に触れる気分にはなれなかった。と同時に、白百合の胸中に思いを馳せた。

ボクは、素知らぬ顔で白百合と接することを選択した。

38

「よし、真二。今日は**変数**について教えてやるぞ」

白百合はいつものように、常夜灯の明かりのもとで缶ビールをおいしそうに口に運びながら言った。

「はい、お願いします」

「もっとも、お前はすでにある程度は理解しているがな」

「はい。マクロの実行中にデータを一時的に保管しておく『箱』のようなものだってことは理解しています」

「じゃあ、このマクロを見てみろ（図1）」

白百合は、ボクのノートパソコンで作業すると言った。

「このマクロで、変数を用意しているのが①の部分だ。ちなみに、専門的には、『変数を用意する』とは言わずに、『変数を定義する』、もしくは『変数を宣言する』と言う。変数は、このようにＤｉｍ《ディム》ステートメントで宣言するんだ。名前は自由に付けてもいいが、ＩｆやＳｕｂのようなＶＢＡのキーワードと重複するものは使っちゃいけないぞ」

なるほど。①では、「ｘ」「ｙ」「ｚ」という名前で三つの変数を宣言しているわけか。変数は、別に宣言しなくてもマクロ内で使えるが、このように宣言したほうがマクロは断然わかりやすくなるな。

図1

(General)　　変数の足し算

```
Sub 変数の足し算()

    Dim x As Long  ┐
    Dim y As Long  ├─①
    Dim z As Long  ┘

    x = 10  ┐
    y = 20  ┘─②

    z = x + y ─③

    MsgBox "演算結果は" & z & "です" ─④

End Sub
```

「そして、実際に、②③④で『x』『y』『z』を使っているわけだが、それぞれのステートメントを見ていこう」

「はい」

「まず、変数とはお前も知ってのとおり、マクロの実行中に使うことができる『収納箱』だ。①のステートメントでその箱は用意したから、この箱にはなんらかのデータを収納することができる。実際に、②では、変数xには10、変数yには20という数値をそれぞれ収納している」

これは容易に理解できた。基本構文の二つめ、『プロパティの取得』を教わったときに、「=」を使って、右側の値を左側に代入するのがVBAの文法であることを教わっている。

「そして、③では、xとyの値を加算してzに代入している。この結果、zの値は30になるから、④が実行されたときに『演算結果は30です』とメッセージボックスが表示されるわけだ」

「白百合さん。なにか、今日のレッスンは一気に難易度が下がりましたね。楽勝ですね。ところで、変数の宣言のときに使っている『As Long』ってなんですか？　これは難しいですね」

「楽勝なのか、難しいのかどっちだ。まったくトンチンカンな奴だな」

「さーせん」

「これはな、変数の**データ型**を定義してるんだよ」

「変数のデータ型？」

「くどいようだが、変数はマクロの中で使うプロパティの値や演算結果などを一時的に保管しておく箱のようなものだ」

「本当にくどいですね」

「ワレ、ドタマかち割って脳みそチューチュー吸うたろか！」

「白百合さんって、ひょっとして出身は大阪？」

「どうでもええ！」

白百合はそう言うと、手の甲でボクの胸をはたいた。思いっ切り大阪人じゃないか。

白百合が続ける。

「それより、今度はその箱の種類や大きさについて考えてみよう。ちょっと、冷蔵庫と缶ビールを思い浮かべるんだ」

「はい、想像しました」

「たとえば、缶ビールは『冷蔵室』に入れるよな。もし『冷凍室』に入れたら缶が破裂してしまうからな」

「そうですね」

「要するに、現実世界の冷蔵庫では、『入れるモノ』と『入れる場所』は適切な組み合わせでなければならない。野菜なら野菜室、水を凍らせたいなら製氷器となる」

ボクは、思わず理解した顔になった。

「わかったようだな。これはマクロの世界でも同じだ。入れるモノ、すなわち『データ』と、入れる場所、すなわち『変数』の組み合わせが不適切だったら、そのマクロはエラーが発生するんだ」

「缶ビールが破裂するように、ですね」

「そのとおり。そして、冷蔵庫と同様に、変数の場合は、『数値』を代入するための変数とか、『文字列』を代入するための変数というように、代入するものの種類をあらかじめ決めることができるんだ。そして、変数のこの種類のことを『変数のデータ型』というわけだ」

「ちなみに、そのデータ型ってどれくらい種類があるんですか？」

白百合は、一瞬考え込んでから口を開いた。

「とりあえず、小数点以下を必要としない整数なら、Ｌｏｎｇというデータ型を使う」

「小数点以下も必要なときは？」

「その場合はＤｏｕｂｌｅだ」

「たった二つですか。楽勝ですね」

「先を急ぐな。もう一つ、文字列がある。文字列のときにはＳｔｒｉｎｇというデータ型を使う。まあ大体、こんなところだな」

「その三種類を覚えておけばいいんですね」

「ああ。それからもう一つ補足だ。実は、ＶＢＡには**バリアント型**という、どんなデータ型でも格納できてしまう魔法の箱のようなデータ型があるんだ」

「それは、どうやって宣言するんですか？」

すると、白百合はいつもの木の枝を持ち出した。

「このように、『Ａｓ データ型』の部分を省略するとバリアント型になるぞ（図２）」

「じゃあ、常にバリアント型を使えばいいじゃないですか。だって、魔法の箱ですよね」

「ダメだ。まず、データ型を正確に定義するメリットは二つある。もう一度、冷蔵庫の話をするぞ。たとえば、『こ

図2

```
Dim myVar
```

れは冷凍室です』って宣言したら、そこに缶ビールを入れたら破裂する。同様に、マクロの中で『整数型』と定義した変数に『文字列』を代入するとエラーが発生する。そうやって、エラーの出ないマクロを明確に意識して作れることが一つ目のメリットだ」

「なるほど。で、二つ目のメリットは？」

「『これは冷蔵庫です』だと、いま一つ曖昧だが、『これは冷凍室です』と言われたら、聞いたほうは間違えようがない。そして、これはマクロにもそのまま当てはまる。つまり、『この変数は整数型です』って宣言したほうが、読む者にとって圧倒的にわかりやすいマクロになる」

「じゃあ、バリアント型を使うということは、いま言った二つのメリットが失われるわけですね」

「そのとおり。いいか。バリアント型なんか使ってたら、いずれ、マクロが思うように動作しなくなってパニくるぞ」

白百合は一気にまくし立てると、ビールで喉を潤した。

39

「じゃあ、最後に、マクロの中に宣言していない変数があったら、エラーが表示される方法を教えてやる」

「へえ。それは便利そうですね」

「その方法は、Ｏｐｔｉｏｎ Ｅｘｐｌｉｃｉｔ（オプション・エクスプリシット）を使うことだ。モジュールの先頭にＯｐｔｉｏｎ Ｅｘｐｌｉｃｉｔと書いておけば、マクロの中に宣言していない変数があった場合、そのマクロを実行したときにエラーが出るぞ」

「はあ。でも、わざわざモジュールの先頭にそれを書くの、面倒ですね」

「それが、わざわざ自分で手入力する必要はないんだ」

「え？」

「まあ、見てろ」

図3

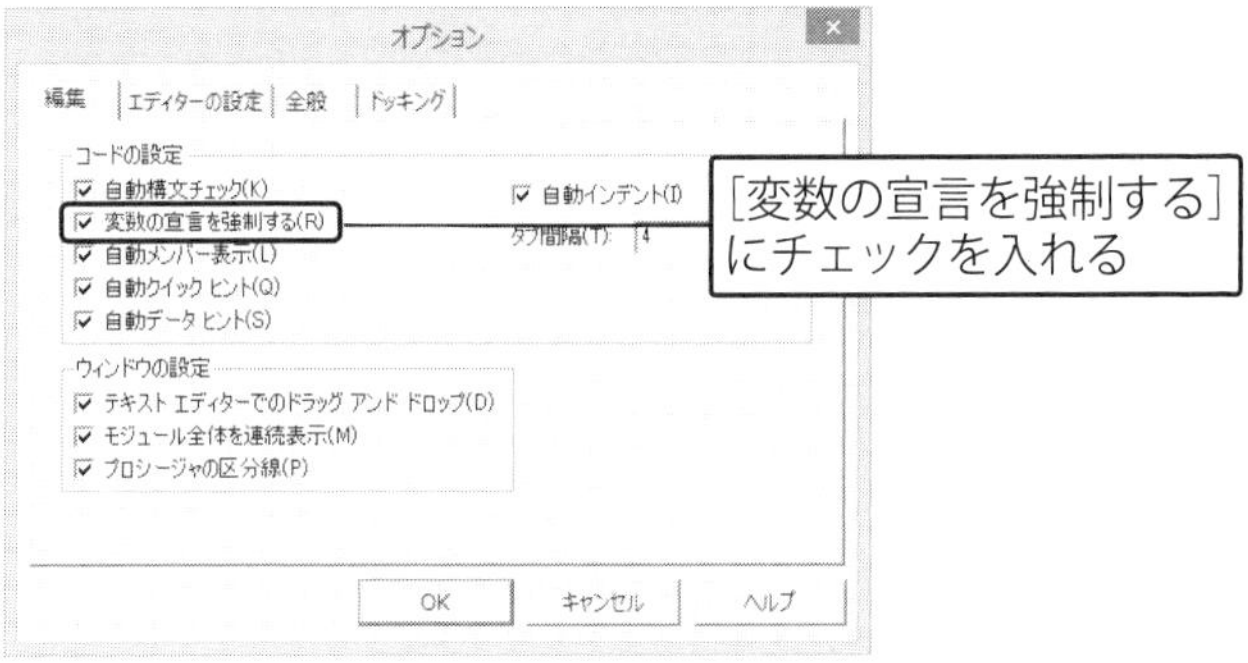

言って、白百合は、ＶＢＥの［ツール］メニューから［オプション］コマンドを実行した。すると、［オプション］ダイアログボックスが表示された（図３）。

「そして、ここのチェックボックスをオンにするんだ」

「［編集］タブの［変数の宣言を強制する］にチェックを入れるわけですね。でも、なんか『強制する』ってイヤな響きですね。なぜ、ボクがたかがＶＢＥごときに強制されなきゃならないんですか。無視しちゃあ、ダメですか」

「アホか！」

その声と同時に、ボクの目の前で火花が散った。

ボクの後頭部を思い切り叩いた白百合が言った。

「いいか。お前はまず、『今後、マクロを作るときには、変数を宣言することにします』と決意表明するんだ。そして、［変数の宣言を強制する］というチェックボックスは、そんなお前にエラーを示してくれるありがたい存在なんだ」

「はいはい、わかりましたよ」

「さあ、これで、標準モジュールを追加したときに、自動的にＯｐｔｉｏｎ Ｅｘｐｌｉｃｉｔがモジュールの先頭に表示されるぞ。どうだ。便利だろ？　ハハハ」

「なに、鼻の穴広げてるんですか。白百合さん、嘘つきのくせに」

「な、なんだと」

「だって、前に、ＶＢＥの十一個のメニューなんて一生使わない、って言っておいて、今、［ツール］メニューを使いましたよね。この目ではっきりくっきりと見ましたよ」

「くっ」

白百合は悔しそうに左手で頭を覆った。

その手首を見て、ボクは新たな謎に直面した。

〈白百合さんは、なぜこのハミルトンのベンチュラを手放さないんだ？　売れば、多少は金になるだろうに。いや、一時期は百億円もの資産を持っていた男にしては、十万円そこそこのベンチュラは安すぎはしないか？〉

ボクは、ホームレスにベンチュラは不釣り合いだと思っていた。しかし、今はまったく逆の意味で、白百合にベンチュラは不釣り合いだと感じた。

第10章

真二、条件分岐と繰り返しでVBAのすごさを知る

10

今夜のボクは、缶ビールではなく、ワンカップ大関を携えて公園に来た。

昨夜、白百合が「久しぶりに日本酒が飲みたい」と言ったからだ。

「白百合さん」

「おー、来たか。じゃあ、日本酒をチビチビやりながら始めるか。その前に、真一、空を見てみろ」

「え？」

見上げると、美しい半月が幻想的な輝きを放っていた。

「お前、オレとはじめて会った日を覚えてるか」

「それはもちろん」

「あの日は大きな満月だったな。でも、今は半月だ」

「それが自然の摂理ですから」

「お前、ユーミンの『14番目の月』って知ってるか」

「いえ」

すると、「そうか」と言って、白百合が突然、歌い出した。

「♪　あなたの気持ちが読みきれないもどかしさ　だから　ときめくの　愛の告白をしたら最後　そのとたん　終わりが　見える　um…IWANUGAHANA　その先は言わないで〜」

ボクは、慌てて待ったをかけた。

「なんだよ。ここからサビに入るのに」

「いや、サビはお寿司だけでいいです。白百合さんはサビ抜きでお願いします」

「これは、明日から欠けてしまう満月より、明日に満月を迎える14番目の月のほうがいい、という曲なんだが……」

「ちょっと意味深な曲ですね」

「まあ、いつもワクワクしていたいという人生の理想を上手に表現した曲ともいえるが、喜べ、真二。今日のお前は14番目の月だ」

「寓意《ぐうい》がさっぱりわかりません」

「今日のレッスンはワクワクものだってことだ。ガチで凄いぞ。ケツの穴から手ぇ突っ込まれて、奥歯ガタガタ言わされちゃうくらいにな」

「だから、時々、突然大阪人になるのやめてもらえますか！　大阪の人が怒りますよ」

白百合は、日本酒を飲んで「くうー」と瞼《まぶた》を固く閉じると、その瞼を大きく開けて目を輝かせた。

「よし、真二。今日のレッスンは二つだ。一つ目は、**条件分岐だ**」

「条件分岐？」

「ああ。条件分岐はある意味マクロの最大の醍醐味《だいごみ》だ。もちろん、マクロ記録では絶対に作れない」

「それは一体……」

「文字通り、条件によって処理を分岐することだ。もし給料日前だったら、牛丼の並を食べる。もし給料日後だったら、特盛生卵付きを食べる。つまり、『状況に応じて処理を選択する』ことを条件分岐って言うんだ。すなわち、こういうことだな」

白百合の木の枝が活動する時間がやってきた。

「条件分岐を行うときには、このようにＩｆステートメントを使う（図1）。わかりやすい例を挙げてみよう。たとえば、『もし、セルA1とセルB1の値が同じだったらメッセージボックスを表示する』という条件分岐はこのようになる（図2）」

「これは、「Range("A1").Value = Range("B1").Value」のところが「条件式」になるのだろう。

そして、MsgBox関数のところが「処理」か。

要するに、「条件式」が満たされたら「処理」を実行し、そうでなければなにも処理は行わないわけか。

確かに、これならセルA1とセルB1の値が同じだったらメッセージボックスが表示されるな。

「真二は無意識のうちに気付いているようだが、この条件式で使っている『=』は、これまでずっと使ってきたように、『右側の値を左側に代入する』ものではない。この『=』は、『左側と右側が同じかどうかを比較するもの』だ。要するに、『1+2=3』の『=』とまったく同じものだ」

「じゃあ、『もし、セルA1がセルB1の値より大きかったら

図1

```
If 条件式 Then
    処理
End If
```

図2

```
If Range("A1").Value = Range("B1").Value Then
    MsgBox "セルA1とセルB1の値は同じです"
End If
```

メッセージボックスを表示する』という条件分岐はこうなるわけですか？（図3）」

白百合は、満足そうに首を縦に振った。

「こうやって、左側と右側を比較する演算子を**比較演算子**と言うんだ」

「そのままじゃないですか」

「だって、そう言うんだもん。しかたないじゃなーい」

「だから、なに可愛く言ってるんですか。これで二度目ですよ。しかも、お姉言葉も交じってるし。ちなみに、この比較演算子には、どういうものがあるんですか？」

「それは、この六個だ（図4）」

すると、白百合は二本目の日本酒を傾けながら、まるでゴッホが憑依《ひょうい》したかのように、木の枝を片手に地面というキャンパスになにかを描き始めた（図5）。

相当な大作なのか、一向に作品が完成しないので、ボクも日本酒の蓋を開けた。

図3

```
If Range("A1").Value > Range("B1").Value Then
    MsgBox "セルA1はセルB1の値より大きいです"
End If
```

図4

比較演算子	意味	比較演算子	意味
=	～と等しければ	<>	～でなければ
>	～より大きければ	<	～より小さければ
>=	～以上ならば	<=	～以下ならば

図5

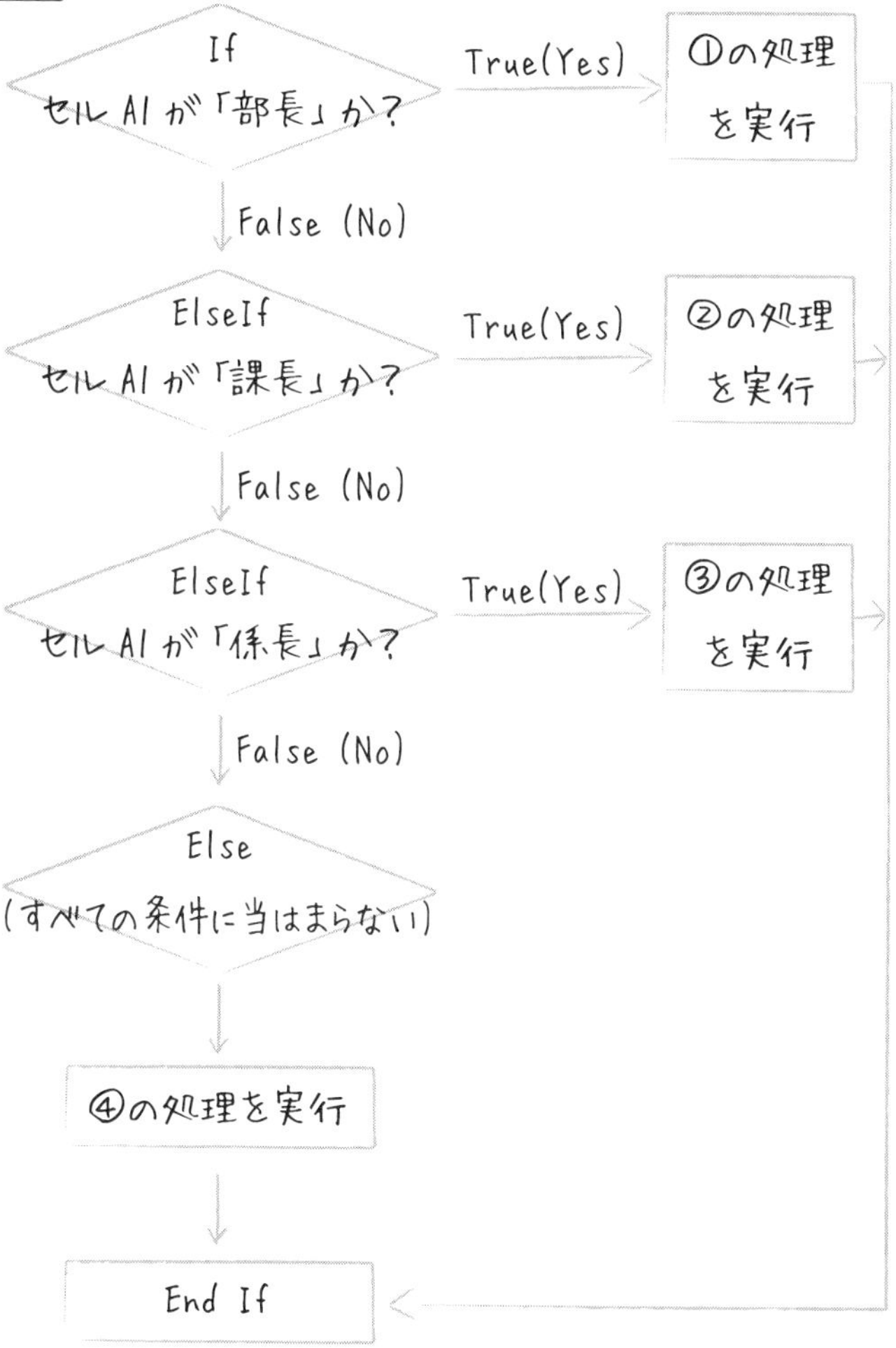
If
セルA1が「部長」か？
True(Yes)
①の処理を実行
False (No)
ElseIf
セルA1が「課長」か？
True(Yes)
②の処理を実行
False (No)
ElseIf
セルA1が「係長」か？
True(Yes)
③の処理を実行
False (No)
Else
(すべての条件に当はまらない)
④の処理を実行
End If

そして、白百合の瓶が空になったときに、彼に憑依していたゴッホがあちらの世界に戻ったようだ。

「よし、できた。じゃあ、Ｉｆステートメントをもう少し解説しよう。このように、ＥｌｓｅＩｆを使うと条件の数を無制限に増やすことができる（図６）。そして、上から順に条件判断をし、一致した時点で処理が実行されるんだ」

「ほお」

「そして、一致したあとのステートメントは実行されずにＥｎｄＩｆにジャンプする。すなわち、条件に一致して該当する処理が実行されたら、そこで条件分岐は終了だ」

「わかりました」

「ただし、いずれの条件にも該当しないという状況も考えられる。こうした場合には、構文の最後にＥｌｓｅを記述して、そこでしかるべき処理を実行するわけだ」

なるほど。このマクロ「Ｉｆのサンプル」では、セルA1の値が「部長」でも「課長」でも「係長」でもないときに

図6

(General) | Ifのサンプル

```
Sub Ifのサンプル()
    If Range("A1").Value = "部長" Then
        MsgBox "あなたは部長ですね"                ①

    ElseIf Range("A1").Value = "課長" Then
        MsgBox "あなたは課長ですね"                ②

    ElseIf Range("A1").Value = "係長" Then
        MsgBox "あなたは係長ですね"                ③

    Else
        MsgBox "かわいそうに。平社員ですか？"      ④
    End If
End Sub
```

は、Elseで「かわいそうに。平社員ですか？」とメッセージボックスを表示しているわけか。

それにしても、もう少しまともなサンプルを思い付かなかったのか。白百合に憑依していたのは、ゴッホではなくとんだ低級霊だったようだ。思わずボクは苦笑した。

「最後のElseは、必要なときだけ記述すればいいぞ」

「ありがとうございます。バッチリ理解できました。もはや完全無敵です」

「完全無敵？　じゃあ、どんなステートメントも作れるわけだな」

「まかせてください。どんなステートメントですか？」

「もし、セルA1が空白だったら処理を行う、だ」

え？　確かに、今後、セルが空白だったらなにかしらの処理を行う。そんなマクロを作らなければならないケースは多そうだな。しかし……、わからない……。

「その場合には、こう書けばいいんだ（図7）。Value

図7

```
If Range("A1").Value = "" Then
    MsgBox "空白です"
Else
    MsgBox "空白ではありません"
End If
```

プロパティが長さゼロの文字列、すなわち『""』でなにも囲まれていなかったら、そのセルは空白ということになるんだ」

「じゃあ、セルの値を空白にするには、つまり、セルの値をクリアするときには、こう書けばいいわけですね（図8）」

「大正解だ。まあ、セルの値をクリアするときに、このようにClearContentsメソッドを使うこともできるがな（図9）」

「へえ。どちらを使ってもいいわけですね」

「まあ、オレはClearContentsメソッドは使わないが、セルの値と書式、場合によってはコメントなど、とにかくセルのすべてをクリアして完全に初期状態に戻すときにClearメソッドを使うことはある。これは覚えておけ（図10）」

図8

```
Range("A1").Value = ""
```

→[Delete] キーでセルの数式と値を消去する操作

図9

```
Range("A1").ClearContents
```

→セルのショートカットメニューから
[数式と値のクリア] コマンドを実行する操作

図10

```
Range("A1").Clear
```

42

「さあて、じゃあ今日二つ目のレッスンだ。本当に時間が過ぎるのは早いな」

「それは、白百合さんが酔っぱらっているからでしょう」

ボクは、三本目の日本酒を楽しんでいる白百合に軽い皮肉を飛ばした。

「確かに、久しぶりの日本酒は五臓六腑《ごぞうろっぷ》にビンビンくるな、ハハハ」

白百合は楽しそうに笑った。

「じゃあ、五臓六腑が壊れる前にレッスンのほうをお願いします」

「よし。これから教えるのは、マクロの最終奥義、**繰り返し処理**だ。専門用語では**ループ**という」

「ループって、別に専門用語じゃないですよね。日常的に使いますよ。同じ処理を何度も繰り返すことじゃないですか」

「そうか。じゃあ話は早そうだな。ＶＢＡでは、同じ処理を指定した回数だけ繰り返すときには、Ｆｏｒ…Ｎｅｘｔ ステートメントを使うんだ」

「具体的には？」

「このマクロは、メッセージボックスを十回表示するものだ（図11）。For…Nextステートメントには、ループ回数をカウントするための**カウンタ変数**が不可欠だ。①では、『i』という名前でカウンタ変数を定義している。カウンタ変数は整数だから、『As Long』で定義している」

「はい」

「そして、②のステートメントで、ループ回数を1から10まで十回に指定している」

「なるほど」

「最後に③のステートメントだが、このNextステートメントによってカウンタ変数は一つ加算され、再び②のループに入るわけだ」

「で、『i』が11になったら、もう②のステートメントには戻らない。すなわち、ループは終了というわけですね」

「そのとおり」

図11

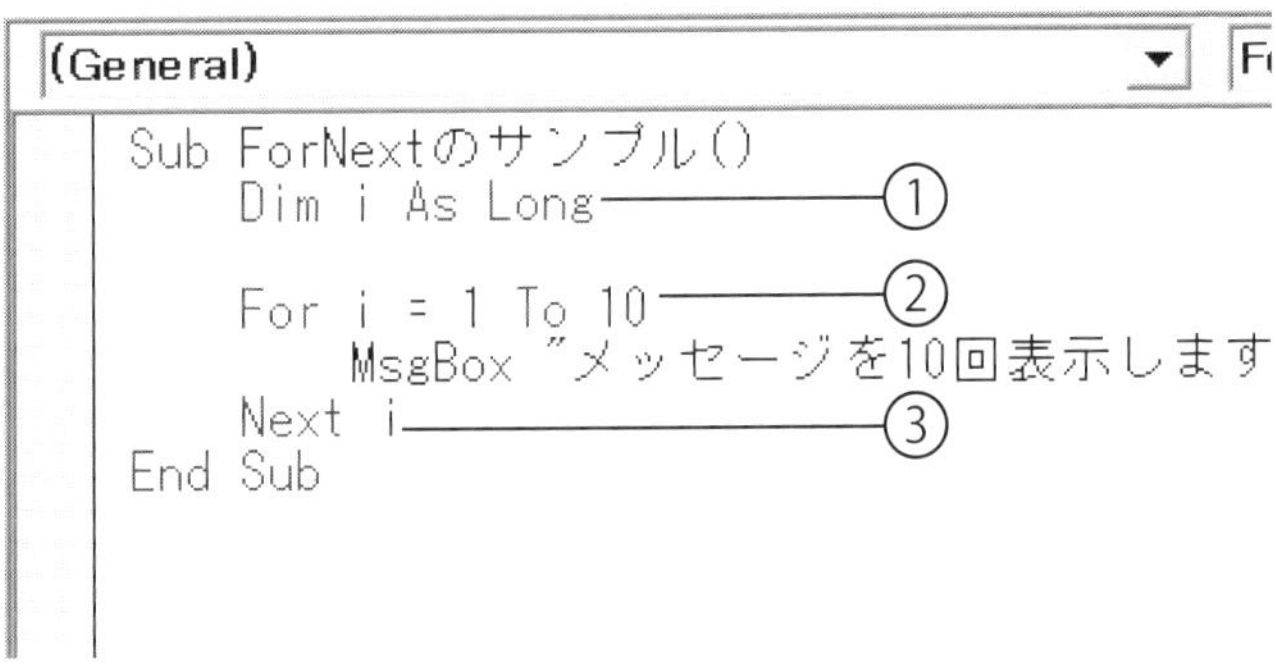
(General)
Fo
Sub ForNextのサンプル()
Dim i As Long
①
For i = 1 To 10
②
MsgBox "メッセージを10回表示します
Next i
③
End Sub

「へえ。ＶＢＡではこうやってループを実行してるのか」

その後、ボクはループの回数を変えたりしながら、夢中になってFor…Nextステートメントを体験した。

白百合の言うとおり、これぞマクロの最終奥義だと感じた。

「条件分岐と繰り返し」。これだ。これができるからＶＢＡは凄いんだ。

「白百合さん。なんかボク、一夜にして一流プログラマーになった気分ですよ」

「…………」

「うん、白百合さん？」

再び問いかけながら、白百合の足もとを見て驚いた。ワンカップ大関がすでに七本、空になっている。

慌てて白百合を見ると、彼は大粒の涙を流していた。

「オレだって、好んでやめたわけじゃない……」

やめたってなにを？　トレードをか？　確かに、好んでやめたわけじゃないよな。全財産を失ったのがやめた理由だ。

「畜生！　効率ばかり考えやがって！　二代目社長が！」

〈ダメだ。白百合さん、壊れちまった。しかたない。しらふで付き合うにはきついな。ボクも二本目を飲もう〉

43

二十分後には、ボクもすっかり出来上がっていた。

「もう一度言うぞ、真二。オレはな、好んでやめたわけじゃない！」

「はいはい。やめざるをえなかったんでしょう」

「そうだ。真二。お前、オレの若かりし頃を知りたくないか？」

「いえ、別に」

「そうか。そんなに気になるか」

そして、白百合は饒舌《じょうぜつ》に語り始めた。ダメだ。人の話を聞いちゃいない。

白百合の自伝語りが始まってすぐのことであった。ボクは、彼が発したある単語に激しく動揺した。

そして、白百合の話が進むにつれて、動揺は混乱へと変容し、飲んでいた液体が酒ではなく水であったかのように酔いがさめていった。


「……というわけだ」

白百合の話を聞いて、ボクは茫然自失となった。

まさか、こんな展開、考えてもみなかった。ボクは、目頭が熱くなった。しかし、涙腺《るいせん》を固く締めた。

「それから……」

ボクは、涙をこらえながら返事をした。

「はい」

「VBAのレッスンは今日で最後だ」

「え！」

「もう教えることはなにもない」

「待ってください！　まだボク、わからないことだらけですよ！」

「そうだろうな。だけど、お前はすでに、自力で難題を解決していくだけの基礎知識はすべて身に付けた。あとは、自分の努力で調べ、応用し、考えるんだ」

「でも、あまりに大変です」

すると、白百合は一呼吸おいて言った。

「楽しい仕事は楽ではない。楽な仕事は楽しくない」

「え？」

「真二にとって、ＶＢＡでの開発は楽しいか？」

「はい、とても」

「だったら苦しくて当然だ。楽しい仕事ほど苦しいんだ。子育てを考えてみろ。あれほど楽しい仕事はない。しかし、あれほど辛い仕事もない。だからこそ、子どもは可愛いんだ。自分の命よりも大切なんだ」

ボクは無言で首肯《しゅこう》した。

「逆に、楽な仕事は楽しくない」

「たとえば、トレードとかですか？」

言った瞬間、「しまった」と思った。

知らない振りをしようと心に決めていたのに、どうしてこの一言が出てしまったのか。

酔いのせいか？　いや、違う。実は、ボクは心の奥底でトレーダーなる人種を軽蔑していた。部屋に引きこもってマウスのクリック一つで金を得る。そんなに楽で、しかし、そんなにつまらない仕事はないだろうとずっと思っていた。

その思いが噴出してしまった一言だった。

しかし、白百合は、自分のことを言われているとはまったく気付いていない様子で賛意を示した。

「まさしく、真二の言うとおりだ。楽だけど楽しくない仕事の筆頭はトレードだろうな。あんなものにうつつを抜かすのはバカだけだ。だって考えてみろ。百億あったたって飯が十杯食えるわけじゃない。一週間が十日になるわけでもない」

「…………」

「真二。オレは言ったよな。『今日のお前は14番目の月だ』って。その話をしたときには冗談めかしたが、今のお前はＶＢＡのスキルが上達していく過程を楽しんでいるだけだ。まあ、人間なら誰しもそのプロセスにワクワクするし、それがいけないわけじゃないがな」

「だけど、未完成のままじゃダメってことですね」

「そのとおり。お前はこれから『満月』を目指すんだ」

「でも、具体的にはどうしたら？」

「お前が満月になれる方法はただ一つ。営業部の連中に胸を張れる『見積入力』を自分の力だけで作ることだ。いいか。それができるまではオレに会いに来るんじゃないぞ！」

「そんな。突然、会いに来るなって……」

「約束できるのか、できないのか。どっちだ、真二！」

ボクは、白百合に唐突に突き放された寂しさと不安で胸が張り裂けそうであった。

しかし、白百合の真剣な表情には、あらゆる甘えを拒絶する強い意志が見て取れる。おそらく、ひな鳥も親鳥のこんな眼差しを見て、空に向かって飛び立とうと決心するのだろう。

白百合の言うとおり、ボクのＶＢＡのスキルが格段に向上しているのは明白だ。

どうやらボクも、羽ばたくときがきたということか。

「わかりました。約束します。最高の『見積入力』を作ります。そして、まずは会社を納得させます。そうしたら、白百合さんもぜひ見てください」

白百合は、なにも答えずに無言のまま木の枝を見つめていた。

第11章

真二、みんなの前で見積入力システムを披露する

44

白百合龍馬と最後に会った日から約二週間、ボクは二つのことに心血を注いだ。

一つは、見積入力システムの構築だ。

確かにボクは、白百合と過ごした九日間で、ＶＢＡの基礎はマスターしていた。しかし、白百合からすべてを教わったわけではない。壁に当たるたびに、主にインターネットを情報源に開発を進めてきた。

さらにもう一つ、「白百合が本当にボクに伝えたかったのはこれではないか？」というある確信が、ボクの中に芽生えていた。

そこで十日ほど前に、課長の佐々木みなみの許可をもらって実際に行動に移すことにした。佐々木は快く協力してくれた。

だが、本来であれば、この手の活動は部長にまで報告が上がるものだが、黒原徹がなにも知らされていないことは明白だった。これは「一社員の思い付きを報告して、部長の手を煩わせたくない」と、佐々木が考えたからだろう。

もちろん、黒原との無用な接触は避けたいとの思惑も働いたに違いない。

第三営業部で黒原の歓心を買おうとしているのはただ一人、唐沢勉だけだ。

さて、その見積入力システムだが、もちろんそれだけで営業部の原価が劇的に低減されることはない。しかし、驚異的なヒット数を積み上げたイチローにだって初打席、初陣はあったのだ。

そして、まさしく今日がボクにとっての初陣。会社で自作の見積入力システムのデモンストレーションを行う日だ。

ここでみんなを満足させられれば、そのほかのさまざまな業務を次々にマクロで改善していける。

おそらく半年もあれば、営業部のパソコン作業の三十パーセントは自動化され、ミス入力もなくなり、営業部員たちはその分、本来の営業により注力できるようになるはずだ。

逆に、ここで認めてもらえないと、ボクはこの営業部には居場所はなくなる。お荷物として居座る気はないので、辞表を提出することになるだろう。

ボクの前には、すでに三十五人の営業部員が座っている。その中には、水岡遥香、唐沢、そして黒原の姿もある。

ボクの隣のスクリーンには、ボクのパソコンのデスクトップ画面が表示されている。

15

〈さあ、時間だ！〉

ボクは、緊張して震える手をみんなに悟られないように、マイクのスイッチを入れた。

「では、みなさん。今から見積入力システムのデモを行います。まず、この『見積入力.xlsm』を起動します」

ボクは、そのブックをダブルクリックした。すると、「今日も頑張りましょう」というメッセージボックスが表示された。

大多数が思わず吹き出していたが、ある部員が隣の者に語りかける小さな声が聞こえた。

「おい。どうしてブックを開くとあんなメッセージが表示されるんだ。なんか、魔法みたいだな」

その一言で、ボクは咄嗟に白百合がいつも手にしていた木の枝を思い出した。今にして思えば、あれは魔法の杖だったのかもしれない。

「では、見積入力シートを見てください(図1)」

その場にいたみんながスクリーンに視線を移した。

「この見積No.セルですが、これは入力する必要はありません。ブックを開けば、最新の見積No.が自動表示されます」

言って、ボクは見積No.セルをポインタで指した。

「また、日付セルも今日の日付が自動表示されています」

「そのセルには、TODAY関数が入力されているの?」

部員から質問が出た。

図1

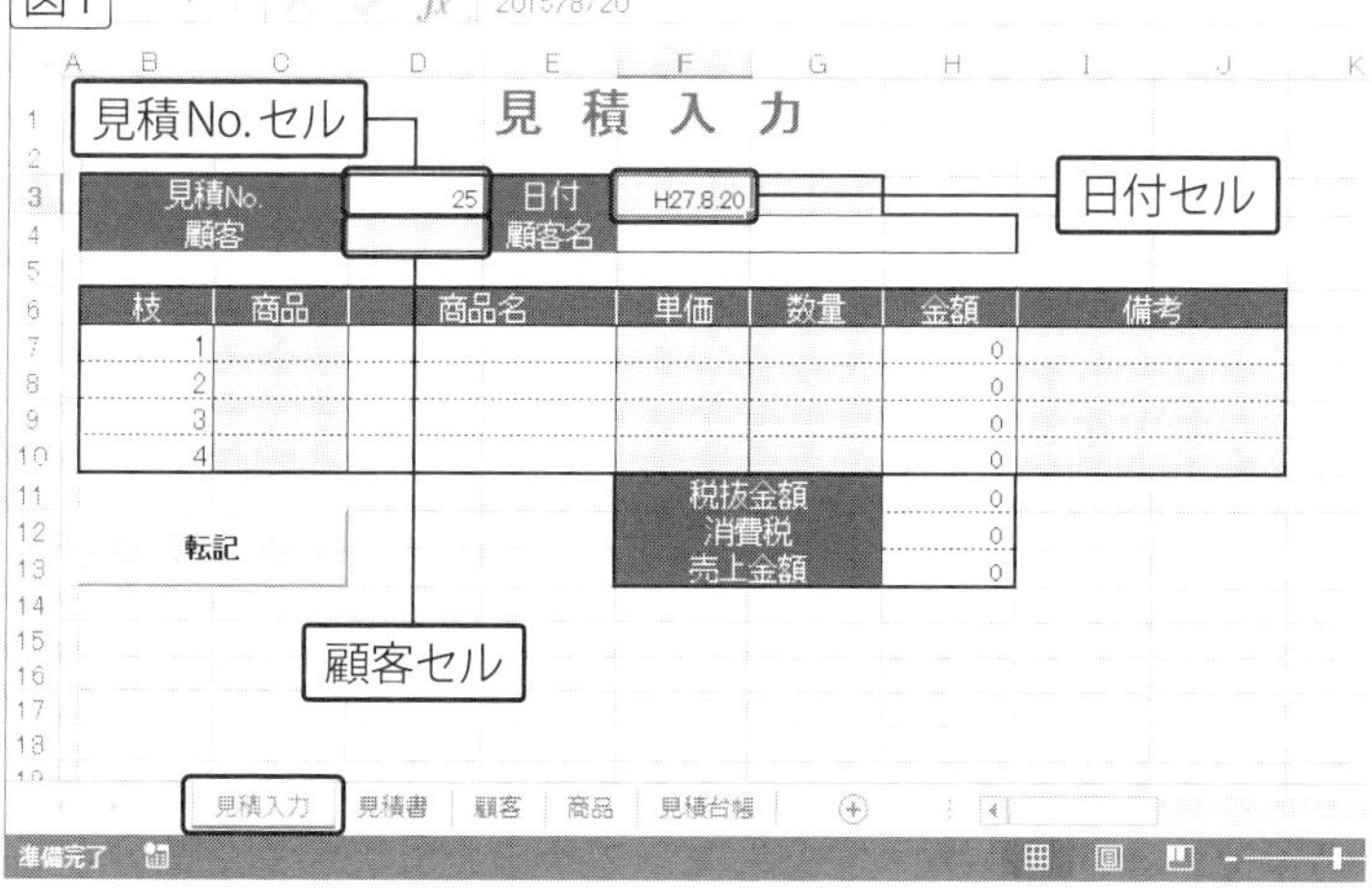

「いえ、違います。ＴＯＤＡＹ関数を入れたら、日付を変更することができませんよね。関数の式が上書きされてしまいますから。この日付は自由に変更できるように、マクロで表示しています」

「へえー。そんなことができるんだ」

「そして、目的の日付を入力したら、次は顧客セルの入力です」

「『顧客』と『顧客名』ってなっているけど、両者の違いは？」

「このシステムでは、顧客名は入力しません。事前に、このように顧客シートに顧客コードと顧客名を入力しておきます」

ボクは、そこで顧客名と顧客コードが紐付けられた顧客シートを画面に映し、みんなの理解した表情を確認すると、再び見積入力シートに戻った。

「そして、顧客セルに顧客コードを入力すると……」

顧客名セルに顧客名が表示された。

みんなが軽くどよめいたが、その反応が面白くない人物がいるようだ。

「江藤。ちょっと待ってよ。顧客コードがわからないときにはどうすんだ。まさか、すべての顧客コードを暗記しろってことか？　もしくは、前もって顧客シートを印刷しておけってことか？　だったら、顧客名を入力するほうが楽だろう。それに、その程度のことはマクロでなくても関数でできるだろう」

質問の主は唐沢だった。

「関数？　じゃあ、関数でこんなことができますか」

言って、ボクは顧客セルをダブルクリックした。すると、小さな画面が表示され、その中のリストボックスには顧客名の一覧が表示された（図2）。

「顧客コードがわからないときには、このダイアログボックスで顧客名を選んだあと、[OK]ボタンをクリックするか、顧客名をダブルクリックすれば、顧客コードと顧客名がセルに転記されます」

唐沢の舌打ちが聞こえたが、すぐに部員たちの感服の声に飲み込まれた。

「同様に、四件入力できる商品も、商品

図2

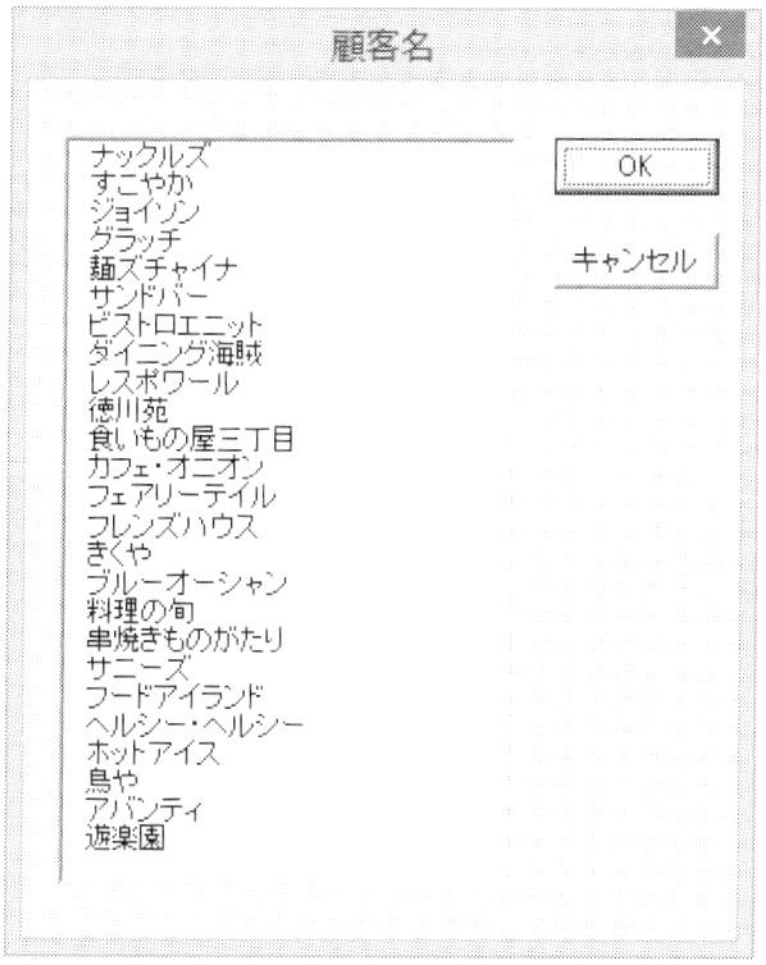

コードを入力、もしくは商品セルをダブルクリックして、ダイアログボックスから商品を選択します。このとき、単価も表示されますので、変更したいときは変更してください。そして、個数を入力すれば、当然、金額が算出されます。備考セルの入力は任意です」

「そうしたら？」

「最後に、転記ボタンをクリックしてください。この画面で入力したものは、見積台帳シートに転記されて蓄積されます。また、同時に見積書シートにも転記されます（図3）。見積台帳シートは自分で管理するもの、見積書シートは取引先への送付用ですね」

そこまで言うとボクは、大きく、ゆっくり

図3

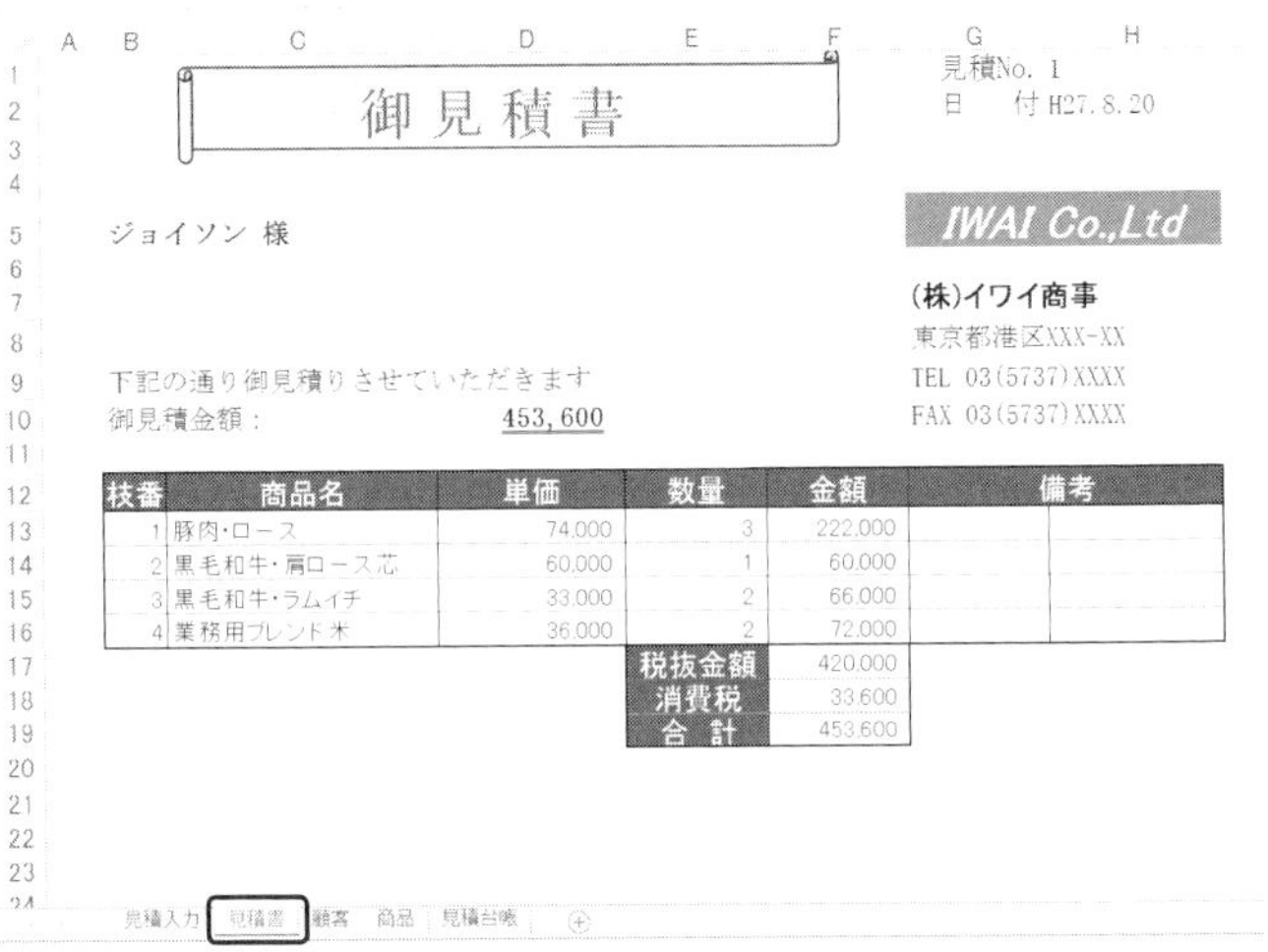

と深呼吸をした。そして、吐き出す二酸化炭素に乗せて最後の言葉を発した。

「今お見せしたものは、見積入力のデータの追加です。当然ですが、見積№を指定してデータの変更や削除も行えます。また、見積台帳シートの見積データは、並べ替えや集計など、これも自動化してありますが、これ以上みなさんの貴重なお時間をいただくことはできませんので、デモはここまでにします」

46

ボクは、やり切った感に満たされていた。

あとは、最後の審判を下す部員たちの反応だ。彼らが、この見積入力システムを使いたい。いや、もっともっと色々な入力作業を次々に自動化してほしい。そう願ってくれれば、ボクの初陣は勝利で飾ることができる。逆の結果なら、潔くこの会社から撤退しよう。

そのとき、予期せぬセリフが響いた。

「ほお。それが汚らわしいホームレスと一緒に作ったシステムというわけか」

黒原だった。

「まあ、原価低減には一定の効果はありそうだが、そのシステムで受注できるわけじゃない。営業に必要なのはここと……」

黒原は、ボクを見ながら眉をひそめると、自分の頭の横を指さした。

「ここだ」

今度は、自分の二の腕に手のひらを置いた。

「部長のおっしゃるとおりですが、業務改善でも原価低減でもいいから結果を出せと指示なさったのは、ほかならぬ部長ですよね」

「バカか！　営業が契約を取ってこれなくてどうする！　ましてや、その辺の零細企業ならともかく、この天下のイワイ商事の営業部員がな！　一体、ホームレスとどんな話をしていたのかと思えば、営業術ではなく、こんなソフトを作っていたとは情けないにもほどがある」

「…………」

「新規の取引先を取れないんだったら、既存の取引先を駆けずり回って利幅の大きい食材でも売りつけてこい！　このイワイ商事の威光で圧力をかけるんだ。それが数字に直結する時間の使い方というものだ」

「イワイ商事の威光で圧力？」

「そうだ。よく聞け。できる社員というのは、時間を『金』に換える能力を持った社員なんだ」

ボクは、思わず反論の体制に入ったが、唐沢に水をさされた。

「私もまったく同感です。部長の元で働けて本当に光栄だと思っています」

「そうか。唐沢君には、そう遠くない将来、もっと責任のあるポジションに就いてもらいたいものだな。それから、江藤。ついでに、できないお前にもう一つ教えておいてやる。もっとも優れた時間術というのは、弱小の取引先など次々と切り捨てることだ」

「弱小の取引先の切り捨て?」

ボクは、質問めいた独り言を発し、ため息を一つつくと言葉をつなげた。

「黒原部長は相当この会社、いえ、この会社にヘッドハンティングされて部長職に就いているご自身に誇りをお持ちのようですが、ちなみに部長は取引先に見積書を出すときにはどうしていますか?」

「そんなの、部下にエクセルで作らせて、エクセルブックを添付してメールを出してしまいだ」

「そうですよね。今どき、エクセルなんて文房具ですもんね。もちろん、それを出すメールも。確かに、当社くらいになるとそれで成約できてしまう。時間もかからずに効率的です。ボクが先ほど見せたエクセルのマクロだって、ある意味、『高級な文房具』です。今後、仮にこの高級な文房具が使われることになっても、そのうちそれが当たり前になって、感謝の気持ちも忘れられていくでしょう。しかし、そこに至るまでには、誰かが努力をし、お膳立てをしているんですよ。**井戸水が飲めるってことは、それを掘った誰かがいるんです**」

「はあ？　お前、なにを言ってるんだ？　意味がさっぱりわからない」

「最初に苦労した人間は、もっと評価され、尊敬されるべきだと言いたいんです。たとえば、ナックルズ、すこやか、ジョイソン、グラッチ、麺ズチャイナ」

「なんだ。全部、私たちイワイ商事の取引先のファミレスじゃないか」

「そうです。だけど、今挙げたのはほんの一部。イワイ商事の取引先の十分の一以下です。ちなみに黒原部長は、今の五つの会社と取り引きするときにはどうしてますか？」

「さっきも言っただろう。そんなの文房具を使うだけだよ」

「確かに、メールにエクセルブックを添付して送信したら、はい、おしまいでしょうね」

「当たり前だろう。なんたって、私たちは天下のイワイ商事だからな。お前、部長の私になにが言いたいんだ！」

「天下のイワイ商事？　部長の私？　おい、黒原。お前、調子に乗ってんじゃないぞ！」

一瞬にして、場がお通夜のように静かになった。

全員が目を見開き、顔面蒼白で呼吸をするのも忘れている。女子社員など、今にも泣き出しそうな顔をしている。

そして、二、三人の生唾を飲み込む音が聞こえると同時に、凄まじい怒号が耳をつんざいた。

「き、きさま！　今、なんて言った！　この私を呼び捨てとは。しかも、『お前』だと！覚悟があっての発言なんだろうな！」

「はい。どのような処分も甘んじて受けます。ですから、少しだけ黙って聞いてもらえますか。確かにボクたちは『天下のイワイ商事』です。だけど、それは今の話ですよね？　でも、昔はそうじゃなかったんですよ。よく考えてください。たかが文房具のエクセルとメールで商談がまとまってしまう。それって、凄いことだとは思いませんか？」

「そりゃあ凄いことだろう。だがな、それで成約できてしまうからこその『天下のイワイ商事』なんだよ！　そこのところ、わかってるのか、きさま！」

「だから、ボクが言いたいのはそこなんです。昔はエクセルはありませんでしたが、代りに手書きの見積書をＦＡＸするだけでホイホイと話がまとまっていたと思ってるんですか？」

「…………」

ボクは続けた。

「靴底を磨り減らす」というが、文字通り、昔は、年に二足、靴を買い換えながら、一社、また一社と取引先を増やしてきた人がいる。夏は汗だくになりながら、冬には安物のコートをかき合わせて、足を棒にして外回りを続けていた人がいる。

「イワイ商事？　知らないよ、そんな会社。ほら、帰った、帰った！」

そんな侮蔑にも、エビのように腰を折って頭を下げて、それでいて笑顔を絶やすことなく、多いときには、一つの案件をまとめるために二十回以上も営業を続けた人がいる。

イワイ商事の自社カレンダーを「せめて店のトイレでもかまいません。飾ってください」と土下座までした人がいる。イワイ商事は、その人の流した汗の量に比例するかのように徐々に成長していった会社なのだ。

イワイ商事は昔から「天下のイワイ商事」ではなかった。昔は「そんな会社」だったのだ。だけど、それを「天下のイワイ商事」にした先人がいる。

「まあ、そういう時代もあっただろうよ。だけど知ったことか。私は二年前に社長直々に請《こ》われて金融証券業界からこの会社に来たんだ。先人だかなんだか知らんが、私には関係のない話だ」

「いえ。部長はその先人を知っています」

「はあ？　知らんと言ってるだろう！」

「白百合龍馬」

「！」

「この会社を大きくしたのは白百合龍馬なんですよ。部長、あなたは、白百合さんが掘ってくれた『会社の信頼』という井戸のおかげで、なんの苦労もなく水が飲めてるんだ。部長面してる暇があったら、今すぐ白百合さんのところに行って深々と頭の一つも下げたらどうなんですか！」

「き、きさま！」

「さっき、もっとも優れた時間術は弱小の取引先を切り捨てることだと言ってましたね。はっ。聞いて呆れますよ。あなたは結果しか見ない。儲かりそうにない取引先は平気で切り捨てる。そんな二代目社長のお気に入りの成果主義の権化《ごんげ》だ。だけど、そんな成果主義に嫌気がさして会社を去った白百合さんがいなければ、今も一本の契約をまとめるために客先でペコペコしなきゃならなかった。部長、そんな自分が想像できますか！　まあ、プライドだけで生きてるあなたには無理でしょうね」

言って、今度はボクは全員に視線を向けた。

「ボクにエクセルのマクロを教えてくれたのもその白百合さんなんです。白百合さんはイワイ商事は去りましたが、今でもこの会社のことを、そしてみんなのことを気遣ってくれているんです。『オレの後輩は頑張っているかな』って」

全員、無言で聞き入っている。

「そして、こうも言ってました」

会社が「成長」するのは簡単なことだ。顧客にランクを付けて、重要顧客だけフォローしていればいい。しかし、会社が「存続」するにはそれではダメだ。**小さな取引先でも大切にする。顧客に優劣付けずに相手の立場で仕事をしなければ、確実に会社は滅びる、と。**

「ボクは、その考えにとても共感しました。そして、自分なりに会社に貢献できるようにエクセルのマクロの学習を続けました。すべては、営業のみなさんが定型作業に費やす時間を減らし、たとえ小さな顧客でも、お客様と話し合う時間をより多く確保してもらって、イワイ商事の強みである、『信頼』をもっと強固なものにするためです。**お金で時間は買えます。しかし、時間でお金は買えません。時間で買えるのは『信頼』なんです**」

そこまで言うと、ボクは肺一杯に空気を入れた。

それは軽い空気であったが、室内に満ちていた空気は違った。まるで、鉛のような重たさであった。

水を打ったような静けさがその場を支配していた。

ノートパソコンのモーター音が聞こえるほどの静寂であった。

一瞬、恐怖心に支配されそうになったが、今日のボクは違った。その負の感情を毅然と撥ね退けた。これがボクが選択したチャレンジなのだ。恐れることはなにもない。

ただし、そんな独りよがりの信念など誰にも理解はされないだろう。永遠に続きそうな沈黙の中、ボクにそんな観念が訪れ始めていた。

それでも、ボクは自分に言い聞かせた。

〈これで良かったんだ。ボクはすべてを出し切った。まったく悔いはない。初陣には負けたかもしれないが、誇りを持ってこの場を去ろう〉

そのときだった。小さな拍手の音が聞こえた。

見ると、それは水岡の手から発せられていた。彼女の口元には白い歯がのぞいている。

と次の瞬間、別の方向からも拍手の音がし、その音は増幅し、全員が満面の笑みで拍手を始めた。

ついには室内は大喝采に包まれた。

「江藤！　やるな、お前！」

「オレの業務の自動化も頼むよ！」

「これで、ますます営業に専念できるよ！」

「白百合さんによろしく！」

「よ！　営業部、裏方の星！」

みんなの反応に目頭が熱くなった。文字通り星、スターになった気分だった。


〈ボクは、初陣に勝ったのか？〉


そう思ったら、危うくみんながボクを見ている中で涙がこぼれそうになったが、唇を噛んでこらえた。代りに、小さくこぶしを握りしめた。

だが、現実はなんと残酷で皮肉なものか。ボクのガッツポーズが、息の根を止めたはずのエイリアンの復活の儀式になろうとは。

48

「ヒャッハッハ！　いや、こいつは愉快！　この会社に来て最高のジョークだ！」

黒原だった。

「おい、江藤。お前の作ったなんたらシステム。それは認めてやろう。そして、ドンドンとみんなの定型作業を自動化するんだ」

「ええ、そのつもりですが……」

「そのためには、どれくらいの期間が必要だ」

「約半年ほどと見積もっています」

「じゃあ、その半年が過ぎたらどうするんだ？」

「え？」

「お前は営業部でなんの仕事をするんだ？　そのころにはもう自動化する作業はないぞ」

「くっ」

ボクは、思わず嘆息《たんそく》した。だが、それは予期せぬ反逆を受けたからではない。むしろ、黒原ならそうくるであろうとの可能性は頭の隅にあった。

だからこそ、黒原に屈することのないように十日ほど前に種を蒔《ま》いておいたのだが、発芽することはなかった。ボクの嘆きは、その無念を代弁したものであった。

「江藤！　お前は、この私にあり得ないほどの無礼な振る舞いをした。本来なら、この場で辞表を出してもらうところだが、まあ、半年待ってやろう。いいか。お前が薄汚いホームレスと一緒に取り組んだマクロとやらで作ったモノ。それは有用なシステムなんかじゃない。お前にとっての単なる半年限りの延命装置だったということだ。ヒヒヒ」

この一言は、ひとしずく残ったボクの反骨心を刺激した。

「部長。ボクはなにを言われてもかまいません。だけど、白百合さんを侮辱することだけはやめていただけませんか。結果はともかく、佐々木課長のご協力をいただいて、営業面でも頑張ろうと思えるようになったのは、白百合さんのおかげなので」

「ん？　佐々木課長の協力？　佐々木さん、どういうことだ？」

黒原が佐々木に目線を送ると、彼女は黒原に向かって深々と頭を下げた。

「実は、江藤君に、サンシャイン・フーズの担当者にメールを出したいので名刺を貸してほしいと頼まれまして。部長にご報告せずに申し訳ありませんでした」

「ヒャッハッハ。まあ、いい。佐々木さん、頭を上げなさい。きみも、私に無駄な手間をかけさせたくないと思って黙っていたんだろう？　報告してくれなくて、むしろ助かったよ。実際、江藤はまったく相手にされなかったようだしな。ヒャッハッハ」

〈悔しいが、部長の言うとおりだ。完敗だ……。なにが、イチローにも初陣はあっただ〉

ボクは、自分の人生を一瞬でも、偉大な打者に重ね合わせた厚顔な自分を恥じた。そして、色と言葉を失って意気消沈した。

その瞬間であった。ボクのノートパソコンがメールの着信音を発した。

〈うん？　なんだよ、こんなときに〉

奈落の底で落胆していたボクは、無意識に条件反射だけでメールソフトを開いていた。

49

差出人は、サンシャイン・フーズの担当者だった。

『……江藤さんは、次のようにメールをくださいましたね。

ただ食材を販売するだけでなく、御社の日の当たらない裏方業務の改善も視野に入れて、御社の利益が最大になるように、微力ながらもお手伝いをさせてください。ビジネスと割り切れば、食材の売買などたやすいことです。でも、私は御社とファミリーのようにお付き合いをしたいのです。それが私の営業理念です。


弊社、サンシャイン・フーズは、江藤さんの営業理念に深い感銘を受けました。

ぜひとも、イワイ商事さんとの契約を前向きに検討したく存じます。

ただし、一つだけ条件を付けさせてください。

それは、江藤さん、あなたが担当してくださることです。

この条件でよろしければ、早速ですが今週の……』

その文面は、ボクの思考力を奪うのに十分なものであった。しかし、真綿に水が染みこむように、徐々に頭の中で混乱と理解が広がっていった。

〈嘘だろう？　一社も契約できていないボクが、難攻不落のサンシャイン・フーズの営業担当に？　いや、嘘じゃない。メールには、はっきりとそう書かれているじゃないか〉

そのとき、室内がざわついていることに気付いた。ふと横を見ると、ノートパソコンとつながった隣のスクリーンに、メールの内容が大写しになっていた。

「さ、佐々木ー！」

黒原の怒号が飛んだ。

「きさま、なんてことしてくれたんだ！　なぜ、私に報告しなかった！」

佐々木は顔面蒼白で、謝罪の言葉も探り当てられないような様子だった。

部員も、まだ現実が腑に落ちていない者、黒原の剣幕《けんまく》に震え上がる者が入り交じり、あたかも洞窟で懐中電灯を切らせたグループのように秩序を失していた。

そのとき、思わぬ人物が立ち上がった。

「黒原部長。部長は先ほど、報告してくれなくてむしろ助かった、とおっしゃっていましたよね。それなのに、なぜ佐々木課長を叱るのでしょう。難攻不落のサンシャイン・フーズとの契約に向けて、その第一歩を踏み出しました。まさかとは思いますが、部下のこの成果に怒っていらっしゃる。そんな狭量《きょうりょう》なお考えは微塵《みじん》もありませんよね」

水岡だった。彼女は、さらに雄弁に続けた。

「それに、佐々木課長も部長に報告しづらかったのではないでしょうか。はっきり申し上げて、この第三営業部は上下の風通しが悪すぎます。そして、失礼ながら、そうした環境にしてしまっているのは部長なのではないでしょうか」

黒原は、体中の血液を顔に集めて水岡を睨んでいる。このままでは、水岡が次の標的になるのは明白だ。

「水岡さん。座ってください」

ボクは、慌てて彼女を促した。

「でも……」

水岡は不満げな表情をしたが、ボクが再度促すと、ボクの指示に従った。

そして、ボクは彼女の言葉を引き取った。

「水岡さんの言うとおりです。威圧で下の者を押さえつける。たった今、水岡さんがそんな近代の恐怖政治のようなシステムに風穴を空けてくれました。今なおパワハラがまかり通るこの組織を変えるなら今しかありません。そして、ボクたち一人ひとりならそれができます。みなさん。これからはファミリーのように連携しながら頑張りましょう！」

すると、室内に大歓声が上がった。

「水岡さん！　さすが、三社も成約した営業部のマドンナだね！　感動したよ！」

「ということは、江藤はやっぱり営業部裏方の星か！」

「おいおい。サンシャイン・フーズから担当に指名されたんだぞ。裏方はないだろう」

「でも、途中ですってんころりんってこともあるぞ。だから、裏方の星でいいんだよ」

「それもそうか」

部員同士の漫才のようなやり取りに、みんなが大爆笑した。ボクも大きく笑った。

しかし、初陣に勝利した興奮を押し殺しつつ、一言添えることも忘れてはいなかった。

「黒原部長。もう、給料泥棒とは言わせませんよ。むしろ、部長が給料泥棒にならないようにお気を付けください！」

ボクの言葉に、黒原は獣の咆哮《ほうこう》のような叫び声を上げたが、それは、もはや箍《たが》が外れたみんなの大喝采にかき消された。

50

ボクは、この状態が続いたら本当に泣いてしまうと思った。

そこで、まずはメールソフトを閉じ、次にブックの☒ボタンにマウスカーソルを合わせた。

「長くなってしまいましたが、デモは以上です。みなさん、ありがとうございました」

言って、マウスをクリックすると、予期せぬメッセージが表示された（図4）。ボクは、寿司屋に入ってメニューを見たら「時価」と書かれていたとき以来の白目をむいた。

〈うわ！　やっちまった！　メッセージの内容を「お疲れ様でした」に変更するのを忘れてた！〉

結果、叫び声はさらに大きくなることになった。

「おい！　営業部裏方の星が、営業部のマドンナに全員の前で愛の告白だぞ」

「ひょー！　勇気あるー」

図4

Microsoft Excel
遥香さん、愛しています
OK

「水岡さん、なにか答えなきゃ」

促され、全員の視線を浴びた水岡は赤面してうつむいていた。両手が小刻みに震えている。みんなの前で恥をかかされ、内心では激怒していることは想像するまでもない。

〈とにかく、水岡さんに謝らないと。「冗談です。忘れてください」と言うんだ〉

「冗談だよ。忘れろよ、遥香」

声の主は、水岡の肩に手を置いた唐沢だった。そして、唐沢はボクに向かって吐き捨てた。

「江藤！　お前、調子に乗るのも大概《たいがい》にしろよ！　デモだって試作品だし、サンシャイン・フーズだってまだ成約したわけじゃないだろ！」

唐沢の言うとおりだった。

この件は悪いのはボクだ。きちんと謝罪するのが筋だ。

ボクがそう決心を固めたときだった。水岡が唐沢の手を振り払って立ち上がった。

そして言った。

「ありがとう、江藤君。江藤君の気持ち、とても嬉しいです。そして……」

51

「………」

「私も江藤君と同じ気持ちです」

その瞬間、その日一番の大歓声が上がった。ボクは、生まれてはじめてスタンディングオベーションを目の当たりにした。

笑顔でボクに駆け寄る男性社員たち。水岡を取り囲む女性社員たち。

夢でありませんように。本気でそう願った。

いや、こんな出来すぎたことは夢でもいい。その代り、ずっと見続けていたい。みんなの祝福を受けているボクは、間違いなく世界で一番輝いている男だった。

黒原と唐沢は、パンチを浴びたボクサーのようにその場にへたり込んでいた。


「白百合さんにエクセルのマクロを教わっていたのはこの公園なんだよ」

言って、水岡を見ると、彼女の美麗な顔を常夜灯が明るく照らしていた。一瞬、胸がドキリといった。

「で、江藤君。白百合さんはどこに?」

「白百合さんは、あのベンチ……」

しかし、そこに白百合の姿はなかった。

二人でベンチに近寄ってみた。

「おかしいな。白百合さんは、この時間は必ずこのベンチに座って子犬を撫でていたんだ。ここに座って白百合さんのレッスンを受けて、そして、この地面にいつもVBAのステートメントを書いてもらって……」

言いながらいつもの地面に目を向けると、そこには小さな山が作られていた。

山には見慣れた木の枝が刺さっている。

「ここ、なにか埋まってそうだね」

「私も今、そう思ったわ」

「水岡さん。ちょっと待ってて。この山、掘ってみるよ」

「うん」

すると、山の中から白い紙が出てきた。すぐにボクはそれを広げた。

真二へ

お前がこの手紙を読んでるってことは、無事に見積入力が作れたってことだな。そうでなければ、二度とオレに会わせる顔がないもんな。

いや、「無事に」どころか、みんなの期待を上まわる結果を残したんだろう。

今のお前なら、裏方でも輝けることを痛感しているに違いない。

おめでとう、真二。よく頑張ったな。


幸い、オレには一つだけ金目のものがある。お前も気付いているベンチュラだ。

正直、これだけは手放したくなかった。オレがイワイ商事に入って、がむしゃらに営業をして、一年半後の夏も終わりに近づいた日、ついに初めての取引先を獲得できた夜だった。

オレと一緒にイワイ商事をやめてしまったが、先代の社長がオレにプレゼントしてくれたのが、このベンチュラだったんだ。

「白百合。お前は立派な社員だ。オレはお前を誇りに思うぞ」

社長のあの一言で、オレは銀座の歩道にうずくまって声を上げて泣いたよ。

だってそうだろう。会社の経営が苦しい中、一年半も結果を出せていなかったオレを解雇せずに働かせてくれた人の言葉だ。

そうしたら、社長に言われたんだ。

「その涙を忘れるな。それは、頑張った者だけに与えられる最高のご褒美だ」って。

もっとも、オレときたらその涙を長い間忘れていたが、それを思い出させてくれる人物が突然現れた。

それがお前だよ、真二。


真二も知ってのとおり、オレは大阪の出身だ。そして、大阪には住所不定でも面接をしてくれる会社がある。オレは、ベンチュラを売って、その金で大阪に行くよ。

いいか、真二。衣食住が足りたら、金なんてわずかでいいんだよ。それより大切なのは、たった一人の親友だ。

そして、オレは金では買えない親友を得た。これもVBAのおかげだな。

おっと。親友というのは、オレが一方的に思っているだけかもしれないな。オレの勘違いだったら許してくれ。


最後に言わせてくれ。

お前と過ごした日々は最高に楽しかった。

最高の宝物だ。オレは、その宝物を棺桶にまで持って行くよ。

真二。本当にありがとう。

白百合 龍馬

ボクは、水岡に紙を手渡すとその場に突っ伏した。

地面に染みができた。その染みはどんどんと面積を広げた。もはや、自分の感情を抑えることはできなかった。

泣いた。水岡の目もはばからずに泣いた。

涙が枯れるなんて誰が言ったんだ。ただの演歌の歌詞だろう。ボクの両頬にできた二本の水流は、とどまることを知らなかった。

はじめての契約を勝ち取った若き日の白百合も、銀座の路上でこう思ったに違いない。

涙だけは、自分の意思ではどうにもならないと。

ボクは、両手で土を握りしめると、鼻水まじりの声で腹の底から声を引き絞った。

「白百合さん！　あ、あなたも……。ボクの親友です！」


どれくらいの時間が経過しただろうか。

落ち着きを取り戻したボクに、水岡が紙を丁寧に四つ折りにして手渡してくれながら言った。

「江藤君にとっては、この手紙がベンチュラね」

ボクは、無言でうなづいた。

そして、刺さっていた木の枝を引き抜くと、地面にＶＢＡのステートメントを書いた。

水岡は、それを見て怪訝な表情を見せた。

「なにか、不思議な文章ね」

「まあね。じゃあ、行こうか、水岡さん」

言って、ボクは水岡の手を握った。彼女は、力強くボクの手を握り返した。

いくぶん涼やかな風が秋の気配を感じさせたが、まだ夏は終わっていない。

今夜は指揮者がいないのに、虫の合唱団はこれまでで一番美しいハーモニーを奏でていた。

歩きながら、ボクは地面の方向を振り返った。

〈さようなら。白百合さん〉

ボクは、右手に伝わる水岡の手のひら、左手には握った手紙、二つの異なる感触を同時に覚え、一つのことをやり遂げた達成感に身を委ねた。

そして、目に力を込めて、再び前を向いた。

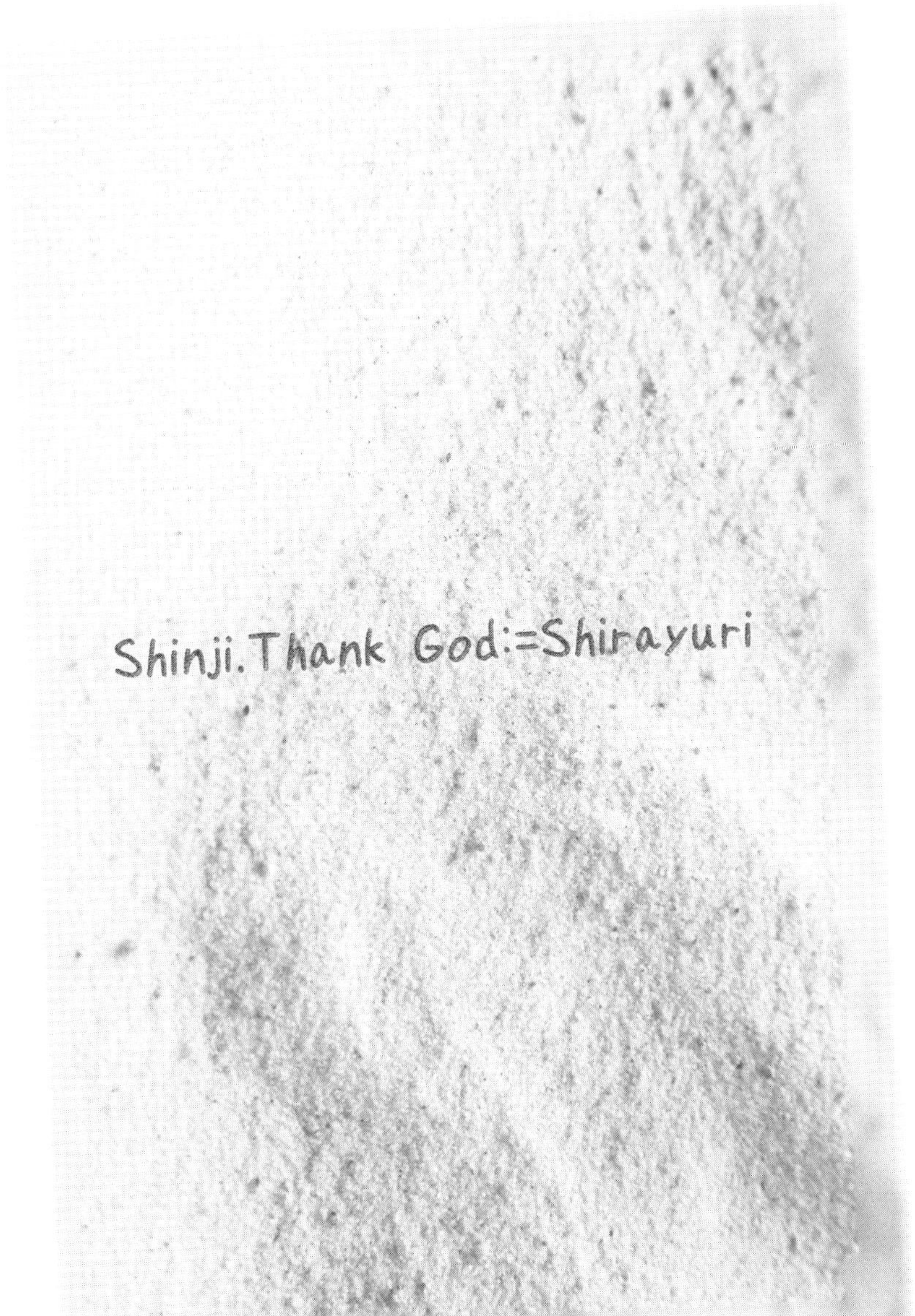
Shinji.Thank God:=Shirayuri

謝辞

私は、これまでに三十冊以上のＰＣ書籍、そして五冊の小説を執筆させていただいたテクニカルライター兼小説家です。特異なキャリアだと自分でも思いますが、だからこそ私は、Ｅｘｃｅｌ ＶＢＡという「ハウトゥー」と、映画「ベストキッド」のような「エンターテイメント」の融合という着想を得ました。

ちなみに、これまでの執筆経験の中で「苦しい」と思ったことはほとんどありません。しかし、本作、『Ｅｘｃｅｌ ＶＢＡの神様』の執筆は、過去に記憶のない苦しさで、私はついに執筆の断念を決意します。一向に担当の編集者を満足させられなかったからです。

ところが、事情を知った私の友人が言いました。

「苦しいのは、誰よりも自分自身が、この作品はもっと良いものになると思っている証拠じゃない？　だって、もし作品の質に納得してるなら、そもそも苦しまないでしょう？」

そして私は、この友人の言葉を胸に、十回以上の改稿を乗り越え、ついに本作を完成させることができました。担当編集者にＯＫをいただいた夜、私はすぐさま友人に電話をしました。

「苦しさは完全になくなったよ。あのときは本当にありがとう」

本書は、秀和システムの紙谷社長、そして編集担当の岩崎真史さんのアドバイスと励ましがなければ誕生していませんでした。また、その他さまざまな面で、秀和システムの営業部をはじめとするいろいろな方にお世話になったことに、この場を借りて御礼申し上げます。

また、拙作に過分なまでの賛辞をくださった岩崎夏海先生にも、心より感謝しております。先生からいただいたお言葉は、私にとっての「ベンチュラ」になりました。

そしてなによりも、本書を手に取ってくださったみなさまお一人、お一人に、心の底より、ありったけの感謝と愛を込めて言わせてください。

本書をお読みくださり、本当にありがとうございました！

二〇一五年九月　大村 あつし

● 著者紹介

大村 あつし

テクニカルライター兼小説家。Excel VBAの解説書は、およそ30冊執筆しており、総売上は130万部にのぼる。過去にはAmazonのVBA部門で1～3位を独占。同時に上位14冊中9冊を占め、「今後、永遠に破られない記録」と称されて、某テレビ局のIT情報番組の司会に抜擢される。その後、2007年に発表した処女小説『エブリ リトル シング』（講談社刊）は20万部のベストセラーとなり、15の国と地域で翻訳出版されるが、元来のExcel VBA好きのために、小説とExcel VBAを融合させた本書『Excel VBAの神様』の着想を得る。東京生活が肌に合わずに、現在は故郷の静岡県富士市在住。友人からつけられたあだ名は「都落ちライター」。

JASRAC 出 1510787-501

Excel《エクセル》 VBA《ブイビーエー》の神様《かみさま》
ボクの人生《じんせい》を変《か》えてくれた人《ひと》

発行日 2015年10月 1日 第1版第1刷
2018年11月11日 第1版第4刷

著　者 大村《おおむら》 あつし

発行者 斉藤 和邦
発行所 株式会社 秀和システム
〒104-0045
東京都中央区築地2丁目1－17 陽光築地ビル4階
Tel 03-6264-3105（販売） Fax 03-6264-3094
印刷所 日経印刷株式会社 Printed in Japan

ISBN978-4-7980-4458-3 C3055